〖中华诗词存稿·名家专辑〗
中华诗词学会 编

魏律民诗词选

魏律民 著

中国书籍出版社
China Book Press

图书在版编目（CIP）数据

魏律民诗词选 / 魏律民著 . —— 北京 : 中国书籍出版社 , 2019.12
（中华诗词存稿）
ISBN 978-7-5068-7697-1

Ⅰ . ①魏… Ⅱ . ①魏… Ⅲ . ①诗词—作品集—中国—当代 Ⅳ . ① I227

中国版本图书馆 CIP 数据核字 (2019) 第 291568 号

魏律民诗词选

魏律民 著

责任编辑	吴化强
责任印制	孙马飞　马　芝
封面设计	采薇阁
出版发行	中国书籍出版社
地　　址	北京市丰台区三路居路 97 号（邮编：100073）
电　　话	（010）52257143（总编室）（010）52257140（发行部）
电子邮箱	eo@chinabp.com.cn
经　　销	全国新华书店
印　　刷	北京虎彩文化传播有限公司
开　　本	710 毫米 ×1000 毫米 1/16
字　　数	200 千字
印　　张	17
版　　次	2019 年 12 月第 1 版　2019 年 12 月第 1 次印刷
书　　号	ISBN 978-7-5068-7697-1
定　　价	198.00 元

版权所有　翻印必究

《中华诗词存稿》编委会名单

顾　　问： 郑欣淼　郑伯农　刘　征　沈　鹏
　　　　　　葉嘉莹

编　　委：（按姓氏笔画排序）
　　　　　　丁国成　王　强　王改正　王德虎
　　　　　　刘庆霖　吕梁松　李一信　李文朝
　　　　　　李树喜　陈文玲　张桂兴　范诗银
　　　　　　欧阳鹤　杨金亭　林　峰　罗　辉
　　　　　　周兴俊　周笃文　宣奉华　赵永生
　　　　　　赵京战　钱志熙　晨　崧　梁　东
　　　　　　雍文华

主　　任： 范诗银

副 主 任： 林　峰　刘庆霖

执行主编： 吕梁松　王　强　李伟成

秘　　书： 李葆国

作者简介

魏律民,笔名秋色,网名秋高气爽。1947年生,黑龙江省五常县人。国家公务员,先后在中共佳木斯市郊区区委和区政协工作至退休。本人数十年酷爱诗词创作,现为中华诗词学会会员,黑龙江省诗词协会会员,佳木斯市诗词楹联协会副主席。诗词作品屡见各级报刊,还有部分诗词作品先后被纳入《中华诗词文库·黑龙江卷》《黑龙江诗词大观》《华夏放歌》和《东极之梦》等省市级诗词选集出版发行,并编辑出版了个人诗词选集《野草集》。

总　　序

　　我们这个诗歌大国有一个很好的传统，历来注重"采诗"、搜集整理诗歌材料。作为唯一的全国性诗词组织的中华诗词学会，自1987年5月成立以来，就十分重视这项工作。学会每年的学术研讨会和历届"华夏诗词奖"，都出版论文集和获奖作品集。纪念学会成立二十年、三十年时，还专门编辑出版了《大事记》《论文选集》《诗词选集》。《中华诗词》创刊以来，每年都制作年度合订本。2007年5月，在北京天识东方文化艺术传播有限公司的资助下，以近代以来诗词创作、诗词理论、诗词运动重要文献汇编，当代名家个人作品专集等为主要内容，出版了《中华诗词文库》。经过十来年的编辑整理，已经出了近百卷。这些诗集、文集的出版，记录了近百年来尤其是改革开放四十多年来，中华诗词从起步、复苏走向复兴的砥砺前行的历程，为近、当代诗歌史的撰写准备了丰富的资料。

　　党的十八大以来，中华民族优秀传统文化重新受到应有的重视。习近平总书记《念奴娇·追思焦裕禄》词和《军民情》七律的相继发表，引领中华大地诗潮滚滚而来。《中共中央关于繁荣发展社会主义文艺的意见》和中办、国办《关于实施中华优秀传统文化传承发展工程的意见》，都明确提出"加强对中华诗词、音乐舞蹈、书法绘画、曲艺杂技和历史文化纪录片、动画片、出版物等的扶持。"国家教育部组织制定由中华诗词学会起草的新中国语言体系中的新韵书《中华通韵》已经通过国家语言文字工作委员会语言文字规范标准审定委员会审定，即将颁布全国试行。这些都使我们真切地感受到，中华诗词的春天真的到来了。诗人们乘着骀荡春风，正以高昂的激情，书写着中华民族伟大复兴的新时代、新史诗，国家富强、民族振兴、人民幸福的中国梦；正以与人民同呼吸、共命运的诗人之心，对人民的欢乐、人民的忧患、人民的情怀给以诗意的表达；正以"美"或"刺"的诗人之笔，对市场经济大潮中人民对幸福生活的期待，对美好未来的希望，对假丑恶的深恶痛绝，或给以方向，或给以赞美，或给以鞭挞。正如习近平总书记所指出的："好的文艺作品就应该像蓝天上的阳光、春季里的清风一样，能够启迪思想、温润心灵、陶冶人生，能够扫除颓废萎靡之风。"

当前，传统诗词创作者和诗词爱好者队伍发展迅速，已超过三百万。每天创作的诗词作品超过唐诗、宋词、元曲的总和。诗词评论研究队伍也成长很快，诗词评论、诗词学、诗词创作理论研究成果丰硕。如何从浩如烟海的诗词作品中"淘"出优秀作品，并使之存下来、传下去，如何使诗词研究理论成果"面世"并发挥应有的指导作用，确实是摆在我们面前的无可回避的一个重要课题。中华诗词学会是一个没有国家编制，没有国家拨款的社会团体，事业的运转主要靠社会赞助和会员费支撑。俊识（北京）文化传媒有限公司总经理吕梁松、北京采薇阁总经理王强，两位一直是对中华传统文化情有独钟的热心人，慷慨解囊，愿意同中华诗词学会一起，搜集整理编辑推出《中华诗词存稿》这套书，共同为中华诗词文化的继承和发展，做成这件十分有意义的事情。

《中华诗词存稿》主要搜集整理出版三部分内容的资料：一是当代诗词名家的个人作品集；二是当代诗词评论家、诗词学者的学术著作集；三是当代诗词作品、诗词理论学术成果阶段性、专题性、地域性的集成类作品集。诗词作品强调精品意识，沙里淘金，把"有筋骨、有道德、有温度"的优秀诗词作品搜集起来。诗词评论、研究类资料强调理论性和创新性，应具有鲜明的个性特点，具有创建性的见解。集成类的资料应有一定的史料保存价值。总之，做成一套具有当代价值和历史意义的好书。在此，我们编委会人员，向提供资料、筛选编辑、版面设计、校对勘误，包括所有为这套资料付出辛勤劳动的同志们，表示真诚的谢意！

郑欣淼
二〇一九年七月于北京

诗意地栖居（代序）

——读《魏律民诗词选》感悟

王国勋

"诗意地栖居"是德国19世纪浪漫派诗人荷尔德林的一句诗，意思是，人应该诗意般地生活在大地上。我理解这诗意地栖居应当有个具象的说明，其实也很难找到。后来我又揣摩了很久。尤其读了律民先生的诗词选后，我对"诗意地栖居"有了更深、更清楚的理解和感悟，这诗意栖居的生活，实际就是人的心境。

律民在职期间做的是政治工作，曾任中共佳木斯市郊区区党委副书记、郊区政协主席，从政的业余时间他酷爱攻诗。他在荣退之后，写了一首词《一剪梅·癖好今生》：

寒舍青睐翰墨香，赏字东墙，赏画西墙。关乎俗雅不思量，石趣厅堂，兰趣书房。　　无奈今生癖好长，黑发吟郎，白发诗狂。耕耘自在乐斜阳，遣韵舒张，遣意昂扬。

律民先生退休后仍笔耕不辍，感受"乐斜阳"的愉悦和惬意。尽管："敲诗总惹邻鸡吵，睡晚常添老蒯忧"（《七律·依韵和吕梁松先生》），仍乐此不疲。这种锲而不舍的精神，成就了他诗词的高度。

  我读了律民先生的诗词选后，有感而发，谨谈一二，聊做为学习心得，愿与读者共勉。

一

  律民先生的诗词视野是宽阔、繁富的。说他诗词的宽阔是指诗词反映的层面很宽泛。从大处看，国际风云、政治走势、经济发展均有涉猎；从小处看，日常生活、家庭轶事、人情往来、风俗礼仪多有墨迹；至于灵山秀水、亭榭楼台、市井描摹更有华章喷薄。

  繁富是指诗词内容多种多样，不拘一格；浩浩宇宙，莽莽山河，放眸今古，挥毫百态；触景抒怀，时事评述，无所不揽，无所不包。举大处为例：

> 领袖大风吟县令，一心总系民情。而今兰考又东风，爱心成绿海，逝者化焦桐。　　九域一千七百县，几多裕禄重生。红船顺水自鹏程，好官人念念，好路梦盈盈。

  《临江仙·读习近平词感怀》，词源于作者读了习近平主席把兰考县作为指导群众路线教育联系点后写词的感受。词的头两句歌颂了习近平主席关爱民生的情怀。"而今兰考又东风"一句不难看出作者的喜悦之情，"县委书记的好榜样"，如今习主席又重视起来了。作者抒发了"九域一千七百县，几多裕禄重生"的感叹，和实现"好路梦盈盈"的期盼。很显然，作者不仅仅是读习近平主席的词作，更是读习主席的胸怀，读他的治国谋略，由此而生发出的"感怀"。这种"感怀"也是作者的心志所宣。

诸如此类的还有《沁园春·丰碑——为迎接党的十八大而赋》《七律·汶川抗震感赋》《七绝·题特朗普》等等。再举小处为例：

可怜杨柳絮，假冒雪花飘。
乱扑行人面，轻浮戏睫毛。
风来尤放纵，雨去复招摇。
容忍登街市，乃因杨柳娇。

《五律·杨柳絮》，是写那些绿化街道的杨柳，年年初春都会飘下飞絮。这在作者眼里竟然也算作事儿。以小见大，足见作者情怀所至。诸如此类的还有《定点餐馆》《网吧所见》《生态园酒店》《家乡的炊烟》等等。

从律民诗词选的结集不难看出他对人类社会和自然界的不懈观察与理解，对诗的素材的广泛勤奋收集与文学情感的刻苦历练和积淀。由此，律民这些诗纯属于是自抒、自露、自流的，它们都源于自觉、自触、自娱、自扬性情的。它也必然与读者有更多的相偕之处，让人感同身受。

二

音、形、意三者有机结合，应该是诗词所呈现的一种独特的文学形式。"音"指的是诗词的韵律。"形"是诗词呈现的形体，这种形体是中规中矩的，七律、七绝、各种词牌一如定规。"意"指的是诗词揭示的主题、立意。这里更包括诗词的意境。"音"和"形"相对容易一些，难的是"意"。

律民的诗词在炼意造境方面显示了他为诗的功力。这里试举二三，从精细的剖析中可见一斑。

其一：

松隐朱亭，柳藏莺语，杏花初绽长堤。任一湖清碧，浪惹云移。水绕弓桥秀阁，临短瀑，撒落珠玑。闻箫管，兰舟荡漾，别墅东篱。　传奇。玉皇下界，临此造宫行，复制瑶池。百卉芳芬季，蝶醉蜂痴。尤爱观荷登岛，陪钓叟，钩甩桥西。当瞻谒，开元圣君，巨手挥师。

《凤凰台上忆吹箫·杏林湖公园》，这首词从对自然景物的咏叹中构造出很好的意境。朱亭、莺语、杏花、长堤、湖水、拱桥、短瀑、兰舟、箫管等等一系列的自然现象铺陈开来，形成了静与动的美。静的是景物，动的是莺语、飞瀑、游船、箫管声。作者巧妙地妆饰完这些景物后，产生了美的享受和想像，生发出"玉皇下界，临此造宫行，复制瑶池"的遐想。"松隐竹亭，柳藏莺语"用词巧妙，一"隐"一"藏"，给读者以无比幽静唯美的想像空间，令人神往。

其二：

南岭杜鹃花万树。百里寻春，车水游人路。道是闲情因富庶，东花西草常光顾。　梦里不知曾几度。我自流连，花海无垠处。不忍折来花半束，一心留得春常驻。

《蝶恋花·踏青》，词的上半阕勾画出的是一个众人踏春的场景：一个生活殷实的人，随着车水人流，去很远的南岭踏春，皆因"南岭杜鹃花万树"，"闲情、富庶"。词的下半阕头一句进一步强调了赏花的珍爱之情，及至常常达到梦牵魂绕的地步。最后"不忍折来花半束，一心留得春常驻"，道出了作者的人格魅力。整首词完成了由自然景观——踏青——人格升华的艺术过程。

其三：

山珍海味各一菜，特色鸡鱼自成双。
敬罢三壶鹿鞭酒，再劝两勺王八汤。

《七绝·四菜一汤待贵客》，这首写于1993年的诗，揭示了当时背景下个别地方出现的一幕。当时的"四菜一汤"是上级为了控制大吃大喝而规定的用公款招待客人的数量标准，但未定质量标准，于是招待单位就来了个"创新"。读罢全诗后，一个上有政策，下有对策，处事圆滑，弄虚作假，欺上瞒下，贪图吃喝，肚满肠肥的情状跃然而出。诗在辛辣讽刺的调笑中蕴含着严肃的抨击。

好的诗词营造好意境很重要，诗词的美学价值主要取决于意境，不然，事情、道理倒是说清楚了，但却味同嚼蜡。读了律民的诗，食之如甘饴。这就是我们常说的诗品。

三

诗词从其风格上来讲不尽相同，有人工诗以中庸为本，有人以诙谐幽默调味，有人写诗婉约，有人浪漫。律民的诗词更多的是豪放，用语多矫健。试举一二。

其一：

　　江山如画，九州龙虎跃，环球称绝。难忘当年更国策，天下纷纭凉热。乡里分田，城中改制，又几番嚼舌。卅年实践，沐彤阳享明月。　　回首历历春潮，迎流跨海，万众争英杰。治世兴邦多舜禹，扛鼎任凭风烈。千载飞天，百年奥运，怎数清逾越。遣谁挥墨，画得龙野蓬勃？

《念奴娇·话改革开放》，词开头落笔就不凡，很有气势，"江山如画，九州龙虎跃"赢得了"环球称绝"。作者仅举了"乡里分田"和"城中改制"两大改革，省去众多，以"卅年实践"一语概括。词的下半阕着意写改革中出现的英雄人物，并沿袭上半阕改革后出现的改革业绩，以神舟上天、承办奥运为代表，以"怎数清逾越"收拢。面对繁花似锦、硕果累累的改革局面，作者发出了"遣谁挥墨，画得龙野蓬勃"的诘问，"谁"字是个疑问词，这个词和毛泽东"问苍茫大地，谁主沉浮"，歌词"为了谁"中的"谁"指的都是一个群体。作者在诘问之前已经做了回答，即"兴邦多舜禹""万众争英杰"。词写得很有气势，很豪放，很凝练，从中可见作者宽广博大的胸襟。

其二：

　　平倭雪耻当铭记，十里长街正此时。
　　凛凛天兵震环宇，锵锵神器壮雄师。
　　众邦助阵九州幸，千载和平百姓期。
　　我亮轩辕非欲战，豺狼碰壁好吟诗。

这首《七律·抗战胜利日大阅兵观后》，诗中的"平倭雪耻""凛凛天兵""锵锵神器"显示出威猛、果敢和魄力，一支威武之师、勇敢之师、能战之师、敢胜之师的形象，凸然矗立。诗同样很有气魄。"豺狼碰壁好吟诗"又在调侃中透露着自信。

　　律民先生诗词的豪放风格取决于他本人的性格。从外象上看，律民先生给人的感觉不擅言谈，但接触多了，你会发现，他的思维很活跃，思想很入时。我和律民先生相识多年，知道他不擅饮酒，半瓶啤酒都喝不完，还满脸绯红。但他对酒文化的理解绝不亚于嗜酒的人。他在《七律·依韵和梁松先生》诗中写道："抒怀万首乾坤阔，纵酒千觞肺腑通。"

　　　神笑糊涂鬼笑疯，岂知豪饮见精英。
　　　几人斗酒惊寰宇，唯我诗仙太白翁。

　　《七律·话豪饮》之句则彰显了他率真、朴实和豪放的性格。他在《贺新郎·自白》中写道："阴差阳错沾仕籍，任位卑、位显争与孰？"昭示了他为官时的大度与豁达。这些良好的政治素质是他诗词呈现豪放品性的雄厚基础。

四

　　律民为诗能做到诗品和人品的统一。我们说"欲醇诗品，先正人品"，道出了"人品"对"诗品"的影响和作用。

　　他一生淡名轻利，默默奉献。在职期间恪尽职守，对人生有自己独特的感受。这可从作者众多的诗篇里窥见。作者在《五律·邀仙有紫霞》中写道："做人足迹正，化鬼也逍遥。位显何须傲，昆仑有短峰"等诗句，写的是诗化了的人生哲学,也是他的座右铭。作者为政期间,一直严格规范自己。他在《五律·中秋节》中写道:"刘宠(东汉诸候王,清官)应犹在,清风绕梦中",道出了对为官清正廉明的向往,官德之心表达得十分赅洽。

作者在任时始终思虑着为官一任,造福一方。他在一首《下乡》的小诗中写道:"繁忙难顾身体弱,下乡单骑自行车。工作压肩忙处理,难题棘手苦奔波。"似乎含有一些滚烫。"承蒙柄任当公仆,意拳拳,日施治略,夜思调烛。"《贺新郎·自白》透露着呕心沥血的公仆精神。而这一切都是为了实现"希冀富饶八百秋",希冀"美丽乡村树大旗"《七律·久违草帽顶村》,作者面对家乡翻天覆地的变化,由衷地唱出了"百舸千帆齐奋进,和风顺水争逾越。望前程,激浪动乾坤,奔腾切"的豪迈感受。

律民先生为人和谐守诚,重情重义,慨叹"万丈高楼容易起,一生挚友得来难"(《浣溪沙》)的领悟,酣畅中情怀毕露。情愿"即便两江都是酒,此番喝尽也堪容"(《七律·题书吟君会友》)。

律民先生才华横溢,却从不张扬,始终谦虚待人。他在得到一位诗友的诗稿后写道:

秉烛读吟稿,赏心书墨香。
殊才耀奎壁,梦鸟胜鸾凰。
立意兴安伟,吟情黑水长。
诗文承国粹,德素共流芳。

《五律·读梁松诗集〈梦龙斋吟稿〉》

还有,他在得到一位书法好友墨宝后写道:

> 讨君墨宝妆堂屋，蓬荜生辉待我图。
> 爱玉欣逢和氏璧，挥金难得大家书。
> 风流运笔悠悠意，光彩迎眸字字珠。
> 悦目赏心余似醉，明朝觅画拜谁无？

《七律•喜得俊敏书法》

这些诗中透露着对友人才华的艳羡和对友情的珍重。

律民先生待人和谐、谦恭，颇获同仁们的赞许和亲近。中华诗词学会常务理事吕梁松先生一首《七律•在京寄魏公》做了很好的说明。

> 人生路上伴相从，相识相知等弟兄。
> 行乐一壶应似我，衔诗两袖莫如公。
> 故交忆旧情未尽，赓和吟残兴不穷。
> 今恨古欢多少意，都随幽梦去江东。

诗词选是作者心路历程的图像，作者从纷繁的生活历程中提炼出独特的感受化成诗的语言，没有一定功力是做不到的。诗人的襟怀、肺腑与意绪情思，在诗性的调动下，透露出思想之光、智慧之光、理想之光，结成令人艳羡的晶体——《魏律民诗词选》，这是值得祝贺的。我们感到"诗展示了一种力量，从中可以进入更高更宏大的世界"（英国诗人狄尔泰语），从而达到"诗意地栖居"。

作者年轻时是位"黑发吟郎"，现在已年逾古稀，竟然"白发诗狂"。祝愿作者在诗词创作上奉献出更多、更璀璨、更秀美的篇章。

2018 年 12 月 18 日

目　录

总　序 ····································· 郑欣淼 1

诗意地栖居（代序）······················· 王国勋 1

情怀篇

乡情吟 ·· 3

人生感怀 ·· 3

会诗友游春 ······································ 3

野草吟 ·· 4

共诗书老友咏怀

　　——日前会友于雪松书画院有幸得句 ············ 4

雨后秋山 ·· 5

塞外春盼（之一）

　　和梁松《春来紫禁城》························ 5

　　附：梁松诗《春来紫禁城》···················· 5

塞外春盼（之二）

　　再和梁松《春来紫禁城》······················ 6

塞外春盼（之三）

　　三和梁松《春来紫禁城》······················ 6

咏怀并和梁松……………………………………………… 7
  附：梁松诗《春日致魏于二君》…………………… 7
早春抒怀………………………………………………… 8
杏花吟…………………………………………………… 8
无　题…………………………………………………… 9
咏　雪…………………………………………………… 9
诗联书画班联谊会……………………………………… 10
读苏子《念奴娇》有感………………………………… 10
步韵和蒙老师《春运第一天在佳木斯火车站为过往旅客
  书写春联送福感怀》………………………………… 10
  附：蒙吉良诗《春运第一天在佳木斯火车站为过往
  旅客书写春联送福感怀》…………………………… 11
话豪饮…………………………………………………… 11
元日书怀………………………………………………… 11
感　悟
  ——读郑板桥字幅《难得糊涂》《吃亏是福》…… 12
无　题…………………………………………………… 12
拜　师…………………………………………………… 12
柳岸题春　五首………………………………………… 13
  柳岸盼春…………………………………………… 13
  柳岸寻春…………………………………………… 13
  柳岸迎春…………………………………………… 13
  柳岸咏春…………………………………………… 14
  柳岸惜春…………………………………………… 14
题　鹰…………………………………………………… 14
欲摄市花　二首………………………………………… 15

关山树	15
秋　色	16
咏　菊	16
诗　瘾	16
杏　花	16
遐　思	17
读元夕摄影图片得句	17
励　志	17
诗　魔	18
邀仙有紫霞	18
中秋节	19
诗癖今生	
——写在国庆60周年	19
答"回眸一笑"	20
无　题	20
迎春曲	20
无　题　二首	21
重阳抒怀	21
自　勉	22
感　悟	22
人生系数（戏作）	23
无　题	23
酒后看花	23
暖冬瑞雪	24
自　嘲	24
无　题	24

行香子·江畔春意	25
行香子·政协友声诗社成立感言	25
清平乐·雷雨	26
采桑子	26
南乡子·云	27
蝶恋花·踏青	27
水调歌头	28
贺新郎·自白	29
声声慢·登山一梦	30
永遇乐	30
永遇乐·以诗会友为诗结社	31
瑶台聚八仙·旧雨新情杏林湖	31
唐多令·清明	32
沁园春·贺三昧诗社网群建群两周年	32
沁园春	33
小桃红【越调】	34
附：胡春阳曲作《小桃红》	34
定风波·读《红楼梦》	35
南歌子·劝悦	35
行香子·还乡读秋	35
行香子·秋	36
一剪梅·癖好今生	36
钗头凤·暴风雨	36
钗头凤·过年	37
忆秦娥·东风烈	37
十六字令·河　三首	38

月华清·元宵节……………………………………… 39

赞颂篇

步韵敬和马凯先生………………………………… 43
  附：马凯诗《七律·写在中华诗词学会第四次
  代表大会召开之际》………………………… 43
题佳木斯杏花节…………………………………… 44
汶川抗震感赋……………………………………… 44
访故乡敖其………………………………………… 44
抗战胜利日大阅兵观后…………………………… 45
国庆节郊外赏秋…………………………………… 45
红兴隆农机历史科技园…………………………… 46
久违草帽村
  ——佳木斯郊区美丽乡村建设一瞥…………… 46
悼张学良将军……………………………………… 47
礼赞李宗秀老师…………………………………… 47
港珠澳大桥通车庆典……………………………… 47
元夕随笔…………………………………………… 48
抗旱救灾话支农…………………………………… 48
忙　年（代笔）…………………………………… 49
都市街灯…………………………………………… 49
虎林印象…………………………………………… 49
山庄春声…………………………………………… 50
谷　雨……………………………………………… 50
阅《新荷》首刊有感……………………………… 50
题郊区望江工业开发区…………………………… 50

北方佳宾酒……………………………………………… 51

三江秋韵………………………………………………… 51

佳哈高铁………………………………………………… 51

致佳木斯诗协庆生会…………………………………… 52

赠市诗协蒙吉良主席…………………………………… 52

赞寒小诗词大赛………………………………………… 52

塞北农家四季歌………………………………………… 53

佳木斯四季歌
　　——为迎接国庆 60 周年而作…………………… 54

习近平主席沙场阅兵…………………………………… 55

读习近平主席《念奴娇》词…………………………… 55

江村掠影………………………………………………… 56

咏天池…………………………………………………… 56

江口赏莲吟……………………………………………… 57

题敖其赫哲新村………………………………………… 58

市文化艺术中心剪彩…………………………………… 58

赞韩老…………………………………………………… 59

佳木斯杏花吟…………………………………………… 59

黑龙江吟………………………………………………… 60

题公园一号楼盘………………………………………… 60

共和国的骄傲
　　——写在十九大召开之际……………………… 61

读梁松诗集《梦龙斋吟稿》…………………………… 61

灾后访贫入农家………………………………………… 62

山　农…………………………………………………… 62

重阳得句………………………………………………… 63

怀念毛泽东主席	63
雪	64
月	64
竹	64
水	65
东方第一镇	65
满江红·松花江	66
渔歌子·农家	66
六州歌头·谒韶峰忆毛公	67
水调歌头·戊子感怀	68
水调歌头·贺友声诗社成立	69
沁园春·三江颂	69
行香子·佳木斯杏花节	70
行香子·美丽乡村建设郊区行	70
行香子·福鼎白茶赋	71
念奴娇·话改革开放	71
念奴娇·迎"七一"书怀	72
满江红·迎共和国六十华诞感赋	72
诉衷情·耕牛	73
沁园春·松	73
天净沙·敖其湾	74
沁园春·敖其赫哲村	74
沁园春·丰碑	75
沁园春·写在党的生日	76
沁园春·佳木斯电商产业园采风纪事	77
莺啼序·国庆六十五周年抒怀	78

喝火令·爱我家乡黑龙江（用黄庭坚词谱）……………… 78

喝火令·致敬宗秀老师（用黄庭坚词谱）……………… 79

忆秦娥·港珠澳大桥通车感怀…………………………… 79

感时篇

冰与水……………………………………………………… 83

用针与用剑………………………………………………… 83

古戏新编…………………………………………………… 84

送冯君赴远任……………………………………………… 84

西镇简政…………………………………………………… 85

家乡的烟囱………………………………………………… 85

故乡的东山　二首………………………………………… 86

　　　仰望东山忆儿时…………………………………… 86

　　　再望东山问不休…………………………………… 86

追悔莫及…………………………………………………… 87

望江春旱…………………………………………………… 87

送夏桂芝…………………………………………………… 88

江城春雪…………………………………………………… 88

有感城市噪音……………………………………………… 89

差谁塑造佛陀心…………………………………………… 89

乐哉忧哉…………………………………………………… 90

家居环境…………………………………………………… 90

时人选花…………………………………………………… 90

塞北春晚…………………………………………………… 91

工　　程…………………………………………………… 91

新　　药…………………………………………………… 91

游三江之源偶感……………………………………… 92
空　弹……………………………………………… 92
生态园酒店………………………………………… 92
说　蚕……………………………………………… 93
谈　水……………………………………………… 93
江边鱼馆…………………………………………… 93
读邵禹诗集所感…………………………………… 94
鹤大公路印象……………………………………… 94
无　题……………………………………………… 94
观风筝　十首……………………………………… 95
村野旱象…………………………………………… 97
期　雨……………………………………………… 97
七夕断想…………………………………………… 97
早春天气…………………………………………… 98
中秋夜话…………………………………………… 98
望江思……………………………………………… 99
狂人论诗…………………………………………… 99
佳木斯一瞥…………………………………………100
龙江印象……………………………………………100
杨柳絮………………………………………………101
瞧这个别一家子……………………………………101
忧　心………………………………………………102
难　题………………………………………………102
问　星………………………………………………102
卜算子·游亮子河原始森林观松感怀……………103
清平乐·壬午除夕雪感怀…………………………103

忆江南·暮秋……103

浣溪沙·小店主……104

天净沙·污染……104

江城子·望秋水……104

凤凰台上忆吹箫·雷暴雨……105

沁园春·怨天尤人……105

一剪梅·秋感……106

一剪梅·寒秋……106

踏莎行·老柳……106

临江仙·读习近平主席词感怀……107

临江仙·闲谈小事……107

行香子·观霞……108

望海潮……108

西江月……109

喝火令·乡官 二首……109

游历篇

游吉林松花湖……113

长白山瀑布……113

卧佛山滑雪场……114

桦川松花江畔车辘辘泡湿地一游……114

春雪过后游江城……115

登敖其湾影视楼……115

依 兰……116

重庆钓鱼城……116

秋日游江……117

游孟姜女庙 ……………………………………117
游贞节牌坊 ……………………………………117
黑龙江畔名山游记 三首 ……………………118
    隔水遥望俄罗斯 …………………………118
    名山岛夕照 ………………………………118
    乘游览船 …………………………………118
旅日探望女儿 五首 …………………………119
    喜相逢 ……………………………………119
    岛国印象 …………………………………119
    登大仓山 …………………………………119
    游洞爷湖 …………………………………120
    札幌一瞥 …………………………………120
云南永德 ………………………………………121
金山镇一游 ……………………………………121
游杏林湖 ………………………………………122
边城市花正开时 ………………………………122
登长白山天池 …………………………………122
题哈尔滨索菲亚大教堂 ………………………123
云　游 …………………………………………123
清平乐·丽江游（戏作）………………………123
清平乐·漓江游 ………………………………124
虞美人·海南游 ………………………………124
虞美人·西安秦兵马俑 ………………………125
念奴娇·钓鱼城怀古 …………………………126
凤凰台上忆吹箫·杏林湖公园 ………………127

与友篇

致梁松……………………………………………………131
惜别并步韵和梁松诗………………………………131
　　附：梁松诗《戊戌春京城送弟返佳木斯》…………132
依韵和梁松先生《在京寄魏公》………………………132
　　附：梁松诗《在京寄魏公》………………………132
依韵和梁松诗《秋感》…………………………………133
　　附：梁松诗《秋感》………………………………133
和梁松诗《京中寄诗友》………………………………133
　　附：梁松诗《京中寄诗友》………………………134
度暑并和祝新……………………………………………134
　　附：祝新诗《七月流火》…………………………134
别雁吟并和三乔先生……………………………………135
　　附：三乔诗《秋吟》………………………………135
致昌贵君（藏头诗）……………………………………135
喜得俊敏书法……………………………………………136
致雨华结婚三周年宴……………………………………136
东方明珠生态农业园
　　——藏头诗一首赠市政协常委霍文明先生………136
藏头赠洪涛………………………………………………137
藏头赠东兴………………………………………………137
赠玉坤先生………………………………………………137
题绍勇君松花江全程中医药科考行……………………138
积玉堂……………………………………………………138
赠李自泽贤弟……………………………………………139
和刘文军…………………………………………………139

附：刘文军《诗协复兴感怀》……………………139
题牛哥…………………………………………………140
为文军摄影题诗………………………………………140
和梁松《书怀》　二首………………………………140
　　附：梁松诗《书怀》………………………………141
答友人…………………………………………………141
题书吟君会友…………………………………………141
读梁松诗………………………………………………142
致《新荷》创刊………………………………………142
致文军创办《新荷》…………………………………142
读祝新《昨日熏风》诗稿……………………………143
赞赵老…………………………………………………143
赠蒲杰先生……………………………………………143
致原振廷先生…………………………………………143
题李英医师……………………………………………144
有感庄艳平"卧龙"摄影……………………………144
贺周喆民先生八秩寿辰………………………………144
贺贤兄六十寿…………………………………………145
贺张老七十寿…………………………………………145
贺肖利生日……………………………………………145
赠宇龙…………………………………………………145
赴汤原愿海寺访友……………………………………146
致国军…………………………………………………146
赠牛军…………………………………………………147
茶城韵味………………………………………………147
藏头赠汉勋老师………………………………………148

赠邢铁志君……………………………………148

藏头赠兹善先生………………………………148

藏头题刘平君…………………………………149

藏头赠彦明先生………………………………150

藏头醉笔描师姐………………………………150

致三乔…………………………………………151

再致三乔………………………………………151

丁卯春节赠梁松………………………………152

致敬王春元兄…………………………………152

赞荣轩先生……………………………………152

再致国军………………………………………153

赠平慧…………………………………………153

致长捷君………………………………………153

藏头赠振泉君…………………………………154

藏头赠张立新…………………………………154

浣溪沙…………………………………………155

  附：吕梁松《浣溪沙》 四首…………156

   浣溪沙•思君……………………………156

   浣溪沙•秋感……………………………156

清平乐•展风流………………………………157

清平乐•赠友人………………………………157

踏莎行•读陈列诗词集《乡间岁月》………158

画堂春•赏德才张老墨宝有感………………158

醉太平•赏彦明先生草书……………………158

醉太平…………………………………………159

沁园春•积玉堂（戏作赠牛军堂主）………159

沁园春···160
行香子·读王乃勇书法·····························161
行香子·客寄杭州话蒲杰·························161
忆江南·戏作"烟斗令"送蒲杰·····················161
西江月·裁诗·······································162
　　附：王春元先生词《西江月·学诗送祝新》······162
定风波·把酒会梁松·······························162
临江仙·贺何昌贵书法艺术馆揭牌················163
行香子·题泊远工作室·····························163
行香子·步韵和朱红赤先生《冬至感怀》·········164
　　附：朱红赤词《行香子·冬至感怀》···········164
石州慢·仲秋夜话并和蒙吉良老师··················165
　　附：蒙吉良老师词《石州慢·戊戌中秋两岸情》···165
行香子·步韵和蒙老师《与时联想》···············166
　　附：蒙吉良词《行香子·与时联想》···········166

同窗篇

致宗林···169
致学友杰男··169
致长海···170
题淑华···170
题智仁···170
致刘君顺义··171
题安邦···171
致晓琴···172
致玉成···172

致安红……173

欢　聚……173

自白并步和增文学友……174

　　附：增文诗《赞律民》……174

步韵和殿魁

　　《贺佳市同学会》　三首（求句尾八字皆同）……174

　　附：殿魁诗《贺佳市同学会》……175

和殿魁《再贺佳市同学会》……176

　　附：殿魁诗《再贺佳市同学聚会》……176

一　梦……176

任酒多（戏作）……177

理霜丝……177

赞在森（藏头诗）……177

题滨珠照……178

致殿魁……178

题宪普……178

题占林……178

题孝先……179

题忠阁……179

题李君顺义　三首……179

题玉斌……180

题云涛……180

赠喜同……180

致增文……181

题桂梅……181

忆同窗……182

浣溪沙·致春林学友……………………………………182
浣溪沙·致顺义李君……………………………………183
小桃红·致学友灵敏……………………………………183
清平乐·宪普放歌………………………………………183
天净沙·赠垂钓叟华光…………………………………184
望江东·中秋佳节念同窗（用黄庭坚词谱并韵）………184
浣溪沙·题宝林学友……………………………………184
石州慢·同窗……………………………………………185

亲眷篇

母　亲……………………………………………………189
仲　秋……………………………………………………189
无　题……………………………………………………189
题舍弟……………………………………………………190
贺佳媛赴上海读研究生…………………………………190
送翔晖……………………………………………………191
新春最是今年好…………………………………………191
送铭一……………………………………………………192
即兴敲诗赞裕音…………………………………………192
话甥女春伟………………………………………………193
爱孙六岁上小学…………………………………………193
二妹十六当劳模…………………………………………194
念欣儿……………………………………………………194
女儿赴日留学归来　三首………………………………195
　　雪夜待女归…………………………………………195
　　喜迎女儿留学归来…………………………………195

忘却隆冬写春风…………………………………195
四世乐同堂…………………………………………195
为淼淼摄影配诗　四首……………………………196
三　妹………………………………………………197
题赵吉富……………………………………………197
题安娜………………………………………………197
女儿的回音…………………………………………198
清平乐・贺慈母寿…………………………………198
清平乐・乐新春……………………………………198
菩萨蛮・秋怨………………………………………199
唐多令………………………………………………199
燕归梁・父母心……………………………………200
人月圆・隔海盼孙…………………………………200
采桑子・忙年………………………………………201
月华清・元宵节……………………………………201

拾零篇

新舟与旧舸（诗韵谈）……………………………205
张紫琪董月新婚志喜………………………………205
题小女孩润润………………………………………206
谬谈律韵……………………………………………206
无　题………………………………………………207
无　题………………………………………………207
无　题………………………………………………207
寒露逢雨随想………………………………………208
寻　春（配画诗）…………………………………208

还乡速写 二十一首··208
　　（一）归乡摄影··208
　　（二）乡　情··208
　　（三）故乡探亲··209
　　（四）丰　收··209
　　（五）秋　意··209
　　（六）赫哲光景··209
　　（七）老　井··209
　　（八）农家女孩··210
　　（九）村老年秧歌队··210
　　（十）村民委主任··210
　　（十一）村小学张老师··210
　　（十二）江村学子··210
　　（十三）小拖拉机手··211
　　（十四）村　医··211
　　（十五）乡间红娘··211
　　（十六）村电工··212
　　（十七）阴阳先生··212
　　（十八）小卖店··212
　　（十九）神　树··213
　　（二十）房东心事··213
　　（二十一）敖其湾··213
杏林胡··213
游大来花海（戏作）··214
白　桦··214
四丰山风景区··214

为摄影图片《带露的落叶》配诗……………………215
七夕吟"孤雁"（代笔）……………………………216
诗稿丢失感怀………………………………………217
咏春雪………………………………………………217
绝句四首（轱辘体）………………………………218
　　虞美人·步李煜原韵……………………………219
踏莎行·诗词楹联协会成立26周年感言 …………219
水龙吟·故乡春好…………………………………220
春　雪………………………………………………220
调笑令·春意………………………………………221
调笑令·春江柳岸…………………………………221
长相思………………………………………………221
长相思·柳下………………………………………222
长相思………………………………………………222
阮郎归·元宵梦……………………………………222
清平乐·醉夕阳……………………………………223
忆秦娥·还乡只见黄花瘦…………………………223
忆秦娥·最相思处…………………………………223
醉太平·秋夜………………………………………224
水调歌头·梦里重牵手……………………………224
蝶恋花·缘…………………………………………225
寿楼春·梦…………………………………………225
好事近·问新雪……………………………………226
山花子·念伊人……………………………………226
喝火令·红豆吟……………………………………226
鹧鸪天·忆小荷……………………………………227

青玉案·归故里……………………………………227
歌词　二首………………………………………228
　　小河小河请你慢些流…………………………228
　　你是一片云……………………………………229
后　　记…………………………………………231

情怀篇

乡情吟

水碧天蓝即我家，儿时随父种桑麻。
梦中地角犁风雨，书里金辉耀海涯。
策马春秋诗与酒，亲民日月泪和花。
回眸无悔今生路，再世但归乡野娃。

戊戌仲秋

人生感怀

人生孰忍做愚曹，万里鸿途自可描。
振翮不惊云滚滚，驾风何惧路迢迢。
高标立德思三世，醉笔书怀梦九霄。
回望家山应爱我，蹉跎岁月亦当骄。

戊戌仲秋

会诗友游春

约友游春曙色明，澄江绿畔彩盈盈。
扁舟得意层层浪，阡陌怜花切切情。
八斗风流凭妙笔，一怀才气贯苍穹。
芬芳日月随心赋，唱和山河万里荣。

戊戌春日

野草吟

风风雨雨历沧桑,岁岁殷勤绿四乡。
身在低洼无潦倒,位于高岗不张扬。
嫩株成就牛羊壮,老叶烧来饭菜香。
左右枯荣凭造化,为添春色自先忙。

2000 年 11 月

共诗书老友咏怀

——日前会友于雪松书画院有幸得句

近在开国吾辈生,丹心付诸北疆荣。
春娇策马征途远,秋老放歌夕日红。
无愧青丝凭热血,有为白发赖豪情。
裁诗纵墨淡名利,同是知足长乐翁。

甲午岁冬

【注】

诗书:这里指诗作和书法。其出处《宋书·谢灵运传》:"灵运诗书皆兼独绝,每文竟,手自写之,文帝称为二宝。"

雨后秋山

一经阵雨了无尘，水色山光满目新。
飞瀑放歌歌曼妙，飘虹映石石嶙峋。
染红枫叶秋添彩，洗绿松林画入春。
世外清风谁可享，云间佛寺诵经人。

2015 年 10 月 6 日

塞外春盼（之一）

和梁松《春来紫禁城》

方才岸柳见生机，野外游春尚不宜。
切盼红花舞蝶日，更期绿水弄舟时。
开心一梦嘉宾至，畅意千杯旧雨齐。
醉到朝霞人不醒，隔床呓语吵诗题。

2008 年 4 月 12 日

附：梁松诗《春来紫禁城》

暖风煦煦溢生机，紫禁逢春景最宜。
灿烂光和花艳艳，霏微雨润草萋萋。
伸枝翠柳枝才茂，展叶青杨叶未齐。
碧瓦红墙幽静处，车窗摇落赏鸟啼。

2008 年 4 月 12 日

塞外春盼（之二）

再和梁松《春来紫禁城》

切盼杏林花绽时，东风送信喜相宜，
大江冰盖随流去，小岛滩头待雁栖。
不怨山城花太晚，但愁翰墨友难齐。
倘如京阙奎章到，胜爱阳春百鸟啼。

2008 年 4 月 12 日

塞外春盼（之三）

三和梁松《春来紫禁城》

逢春岂可错良机，万物复苏谁不宜？
孔雀开屏堪入画，子规张口也成诗。
苍松傲气超金顶，垂柳躬身绿楚堤。
鸿雁捎来壮怀句，鞭催老骥奋霜蹄。

2008 年 4 月 13 日

【注】
金顶：指峨眉山，这里泛指高山巅峰。
楚堤：指汉水。这里泛指江河岸畔。

咏怀并和梁松

韶华梦寐比朝阳,霜鬓不如萤火光。
笔底常无一丝秀,胸中尚有几分狂。
愚公未了生前志,拙鬼依然上太行。
驾鹤西游魂入笔,重生把酒放奎章。

2008 年 4 月 14 日

附:梁松诗《春日致魏于二君》

朝日光芒耀世昌,笔歌墨舞醉春光。
雪消塞外千原秀,风暖京门百卉香。
方晓江城藏俊彦,已知于魏卧龙冈。
琼瑶写尽凌云笔,帝阙与君共举觞。

2008 年 4 月 14 日

早春抒怀

雪化冰融酒入樽,一怀暖意待新春。
寄情落落吟三友,握管悠悠写寸心。
虽爱今朝风脉脉,更期明日柳欣欣。
归鸿奋展双飞翼,借得高天好驾云。

2009 年 3 月 16 日

【注】
三友:这里指松、竹、梅。辛弃疾《念奴娇·赠妓善作墨梅》:"松篁佳韵,倩君添作三友。"

杏花吟

遣谁来做东君主,常使杏花红我窗。
若得香心陪日日,甘同彩蝶舞双双。
经春历夏凭真爱,灌水施肥任苦扛。
寄傲茅庐迎远客,同席把酒唱新腔。

2009 年 4 月 30 日

【注】
东君主:护花神。
寄傲:寄托旷放高傲的情怀。
香心:指花苞。亦指芳洁的心地。

无 题

学就齐民要术功，何愁不得米粮丰。
红花总绽东风后，大业常酬壮志中。
万里征途知骏马，一身绝技锁蛟龙。
黄牛岂解陶琴趣，丘土焉知岱岳嵩。

2009 年 8 月 6 日

【注】

陶琴：即陶令琴，亦省作"陶琴"。白居易诗："周易休开卦，陶琴不上弦。任从人弃掷，自与我周旋。"

咏 雪

丁亥岁末，瑞雪纷飞，铺天盖地，堪称大观；油然赞叹，即兴抒怀。

大雪纷飞漫四空，挟寒持冷且从容。
原驰蜡象三千里，山舞银蛇六万重。
华彩不图虹艳丽，纯洁敢比玉晶莹。
春头去助江河水，岁尾来听稻谷丰。

2007 年 12 月 30 日

诗联书画班联谊会

骚客书家聚一堂，引杯岁末叙衷肠。
我泼丹墨约君赋，君咏奎章诱我藏。
留住东风春乃永，迎来北斗梦尤良。
弘扬国粹江山秀，共创和谐日月长。

2009 年 12 月 13 日

读苏子《念奴娇》有感

大江东去欲辉煌，纵笔凌云耀史章。
慨叹深沉心激越，豪吟旷达意轩昂。
伤怀有墨聊婚嫁，吊古无愁论栋梁。
一笑在朝常被贬，更留奎璧巨星光。

戊戌腊月

步韵和蒙老师《春运第一天在佳木斯火车站为过往旅客书写春联送福感怀》

备齐雅对度晨曦，东极初阳景色奇。
朝伴书家挥妙腕，情怀春运写芳枝。
成联赠客人虽去，遣句求新兴未移。
朱墨飘香满车站，诗协活动展旌旗。

附：蒙吉良诗《春运第一天在佳木斯火车站为过往旅客书写春联送福感怀》

初睁睡眼望晨曦，月挂西天景亦奇。
楼影过江牵柳树，窗帘映日弄花枝。
书联送福年年送，用韵移风岁岁移。
我有衷情陈夙愿，何时一统舞红旗。

话豪饮

神笑张狂鬼笑疯，岂知豪饮见精英。
几人斗酒惊寰宇？唯我诗仙太白翁。
莫道鸡肠无海量，当吟弥勒有宽容。
多思己短添功力，少妒人长展大风。

戊戌仲秋

元日书怀

己亥晴明第一天，长空几片白云闲。
欢欣除夕神州热，热闹开元舜日欢。
好韵承吟千万福，佳吟入韵万千甜。
老夫茶寿还嫌少，乘兴扬帆诺亚船。

己亥元日

【注】
好韵（运），佳吟（音）双关语。

感 悟

——读郑板桥字幅《难得糊涂》《吃亏是福》

悟透糊涂悟吃亏，若愚大智更言谁？
怪才立论千秋誉，胜过江郎万句诗。

2000 年 9 月 29 日

无 题

海阔堪容天下水，山高可入九重天。
襟怀几许能如海，意志何时可比山？

1984 年 1 月 7 日

拜 师

拙笔拜师期梦鸟，渴禾求雨盼丰年。
江流莫笑溪流窄，墨海常怀碧海宽。

2008 年 12 月

柳岸题春　五首

柳岸盼春

岸柳空枝二月初，东风懒散有同无。
冻船何日能击水？夜夜扬帆梦里浮。

2008 年 3 月 14 日

柳岸寻春

江风温润柳丝柔，雪水流边绕渡头。
总盼春归方有信，何时伴我驾轻舟？

2008 年 3 月 15 日

柳岸迎春

岸柳争先染发眉，雀儿恐后唱朝晖。
残冬看透新春意，带雪携冰去不归。

2008 年 3 月 15 日

柳岸咏春

绿柳红花竞自如,青鸢白鹤乐滩涂。
春江放任千帆闹,魅力边城可比无?

2008 年 3 月 15 日

柳岸惜春

雨暴雷狂柳岸惊,滩头草木苦经风。
可怜侯鸟安栖否?更将忧伤向落红。

2008 年 3 月 15 日

题 鹰

鹤雅凤娇难入眼,狮魂虎魄铸胸襟。
穿云破雾枭雄气,巡海盘山霸主心。

2013 年 10 月

欲摄市花　二首

（一）

三更又把相机擦，切盼晴明摄杏花。
再劝浓云莫无赖，清晨送你去天涯。

（二）

云消雾散太阳红，推却佳肴美酒丰。
摄遍东园杏花艳，再来把盏醉闲翁。

2009 年 5 月 2 日

【注】
佳木斯市市花：杏花。

关山树

一任西风闹北疆，挺身傲立有担当。
克寒宁舍千枝叶，春复再拔三尺长。

1997 年 10 月

秋 色

萧瑟西风菊也愁,哪花还敢竞风流?
东山在望红如火,慨叹枫林最美秋。

2013 年 10 月

咏 菊

袅袅婷婷淡淡羞,百花不共自风流。
寻常笑伴西风舞,敢向霜天竞自由。

2014 年 10 月 16 日

诗 瘾

一碟苦瓜凉若冰,半壶老酒对青灯。
惹来诗兴三分醉,吟断鸡鸣旭日升。

2003 年 07 月

杏 花

催春杏蕊千枝满,但见花繁叶未芽。
皆道好花当衬叶,岂知无叶更娇花。

戊戌春日

遐　思

星海无垠入眼来，乾坤历历在襟怀。
得闲便去游寰宇，何必担心揽月才。

戊戌中秋

读元夕摄影图片得句

元夕帝京灯万盏，太平和乐满乾坤。
神州处处应如是，梦里青天皓月魂。

己亥元夕

励　志

海阔无低浪，云沉有响雷。
长城寸砖起，巨树幼苗为。
骨硬堪撑鼎，力微难扫灰。
做人当励志，化鬼亦扬眉。

2006 年 4 月 4 日

诗 魔

为诗青鬓改，守律苦修行。
闲赋三更月，忙吟万物情。
不求吞鸟梦，岂做爱诗翁。
仙圣今何在，跟谁上九重？

2007 年 10 月 10 日

邀仙有紫霞

求知探书海，谋略闯天涯。
志伟乾坤小，心宽岁月华。
拨云鹏展翅，击水浪淘沙。
扛鼎无杂念，邀仙有紫霞。

2014 年 5 月 17 日

【注】
紫霞：紫色云霞。道家谓神仙乘紫霞而行。

中秋节

仰天悬玉镜，把酒纵诗情。
大气三秋爽，流年五谷丰。
不因蝇虎事，谁骂孔方兄。
刘宠应犹在，清风绕梦中。

乙未中秋节

【注】
　　刘宠：东汉诸侯王。任会稽太守，除苛政，禁非法，郡中大治，为官清正廉洁，深得百姓拥戴，被称"一钱太守"美名。后一钱太守成为历史典故。用以比喻值得称赞的廉洁官吏。

诗癖今生

——写在国庆 60 周年

国龄与我同，宠我寄诗情。
少小歌多快，青年颂大公。
填词开放后，写赋小康中。
舜日宽诗胆，吟狂不老翁。

2009 年 6 月 30 日

答"回眸一笑"

余乃一闲翁，霜丝了大风。
挥毫常抖手，吃酒乱摇盅。
骏骥终将老，夕阳难久红。
回眸西子笑，曾是醉朦胧。

甲午夏日

无　题

心大天应小，岭高云自深。
雄才须奋斗，伟业待耕耘。
有爱山河美，无私日月新。
荣生修正气，策马奔芳春。

丁酉年中秋

迎春曲

清溪宛如画，惬意小桥弯。
新柳谁撑伞，新屋燕客檐。
新苗润新雨，新策换新天。
春草年年绿，今年胜往年。

1984 年 6 月

无题　二首

（一）

探宇凭神箭，跨洋靠巨轮。
天高收日月，地阔载风云。
气度何须显，襟怀自可陈。
雄鸡思报晓，尧舜想乾坤。

（二）

鸿途任潇洒，舜日莫蹉跎。
得意游诗海，随心唱浩歌。
技高天可上，志伟海堪挪。
事业开新宇，山花烂漫多。

戊戌仲秋

重阳抒怀

欲醉重阳酒，何须问翠微。
山骄霞彩染，云傲雁儿归。
绕岸黄花艳，钓湖红鲤肥。
夕阳无限意，晚景夺光辉。

戊戌重阳节

自　勉

抑私明德贵，勤学换才高。
诚信多青眼，谦虚少跌跤。
作为娇燕舞，敬业彩旗飘。
洁己恶梦断，宽怀肝火消。
做人足迹正，化鬼也逍遥。

2001 年 5 月 19 日

感　悟

乾坤无限大，万物有离奇。
滴小可穿石，蚁微能毁堤。
泰山存短脉，慧眼有盲区。
世事皆学问，神仙尚遇谜。
身卑当发奋，位显戒吹嘘。
为歹千夫指，善行多瑾瑜。

2006 年 4 月 4 日

【注】
瑾瑜：泛指美玉。比喻美德贤才。

人生系数（戏作）

远寿超八秩，浮生万事杂。
是非十里雾，恩怨一团麻。
六欲杯中酒，七情浪底沙。
功名三宿梦，利禄九天霞。
尚虑千金少，百年何可拿？

2002 年 1 月

【注】
三宿梦：喻指对人或事物有眷恋之心。
百年：这里指死的讳称。

无 题

身微莫穷志，砖小筑长城。
位显何须傲，昆仑有短峰。

2008 年 3 月

酒后看花

谁道春来早？杏林生雾凇。
叽喳枝上鸟，笑我醉朦胧。

2009 年 3 月 30 日

暖冬瑞雪

玉树琼枝俏，雪花非等闲。
冰心昭日月，清白满人间。

2013 年 11 月 24 日

自　嘲

为得惊人句，不思茶饭心。
朝朝吟贾岛，月下总推门。

2007 年 7 月 15 日

无　题

放眼千山小，宽心四野宏。
倾囊约旧雨，把酒诵新晴。

2009 年 7 月 31 日

【注】

旧雨：老朋友的代称。

新晴：指王维《新晴野望》诗句："新晴原野旷，极目无氛垢。"

行香子·江畔春意

　　四处柔阳，园柳鹅黄。桃花水、冰上流光。风筝五彩，天际张扬。喜刺云塔，鸣枝鸟，绕城江。　　如烟往事，携侣寻芳。恋明月、柳下堤旁。当年潇洒，敢诉衷肠。恰玩心重，春心盛，野心狂。

2004 年 3 月 16 日

行香子·政协友声诗社成立感言

　　李杜重生，结社边城。政协助、独辟时空。弘扬国粹，歌咏文明。任你吟舜，他吟梦，我吟鹏。　　诗鸣肝胆，韵涌心声。凭高台、再展激情。直抒胸臆，寄望国兴。愿东风劲，世风好，政风清。

甲午之春

【注】

"你吟舜，他吟梦，我吟鹏"句中，舜，意指舜日尧天；梦，指中国梦；鹏，寓国运鹏程之意。

清平乐·雷雨

江涛拍岸，风骤渔舟乱。子夜隔窗雷雨电，一枕黄梁惊断。　　华年励志飞腾，奋身万里云风，解甲耕耘翰墨，挥毫品味枯荣。

2008 年 3 月 30 日

采桑子

塞北春来迟，刚得几日春晖，方见杨柳泛绿，却又连连风雪交加，颇感扫兴。

可怜绿意刚着柳，雪又袭来。雪又袭来，乱卷横飞，何必弄相乖。　　雀儿似怨藏踪迹，人却伤怀。人却伤怀，怎教春晖，无扰驻亭台？

2008 年 3 月 25 日

【注】
相乖：相违逆。

南乡子·云

来去总无声,自在高天任纵横。飘逸迷离频改貌,匆匆,特性非常谁可更? 忧乐尚无凭,弄雨挟雷且驾风。淡抹天边霞几笔,彤彤,随意拈来淡与浓。

2008 年 4 月 7 日

【注】

选用龙榆生《南乡子》"格三"四平韵词谱填写。

蝶恋花·踏青

南岭杜鹃花万树。百里寻春,车水游人路。道是闲情因富庶,东花西草常光顾。 梦里不知曾几度,我自流连,花海无垠处。不忍折来花半束,一心留得春常驻。

丙申春日

水调歌头

贺佳木斯市诗词协会建会廿二周年暨诗歌座谈会圆满召开

北社庆华诞，廿二正芳春。君填烛影摇红，我赋醉花阴。回首关情脉脉，唱和扬帆风好，韵海浪潮新。黑土宠骚客，北斗耀诗魂。　叙陈茶，论新酒，数家珍。几多热切，光彩奎壁展经纶。留住风华润墨，捧出肝肠写意，气度满乾坤。比翼鲲鹏鸟，万里驾青云。

2009 年 12 月 16 日

【注】

北社：指佳木斯市诗词协会。语出蒙吉良诗："关情北社登高望，又见三江浪涌诗。"

关情脉脉：出处清·简中生《吴门画舫录》外编："垂念故人，关情脉脉。"

北斗：指佳木斯市诗词协会期刊《北斗诗联》。

奎壁：二十八宿中奎宿与壁宿的并称。旧谓二宿主文运，故常用以比喻文苑。

贺新郎·自白

少小山村宿。恨无知,朝朝发愤,潜心攻读。几许欲求吞鸟梦,立雪常吟松竹。无半念,投身爵禄。阴错阳差沾仕籍,任位卑、位显争与孰?糊涂好,吃亏福。　　承蒙柄任当公仆。意拳拳、日施治略,夜思调烛。百姓心中如有我,乃我心中规欲。诚所致、何惊宠辱。敢教他人憎腐恶,切己身、争得先怀玉。得百和,郢中曲。

2005 年 4 月 9 日

【注】

吞鸟梦典故:喻文才出众。

立雪典故:恭敬地向老师求教的诚意。

仕籍旧指记载官吏名籍的簿册。

糊涂、吃亏引用郑板桥书幅:难得糊涂、吃亏是福。

柄任:谓委以重任。

调烛典故:喻举用贤人。

规欲:犹谋求。

怀玉:谓怀抱仁德。

郢中曲典故:比喻高雅的诗作。

声声慢·登山一梦

　　山风瑟瑟，落木萧萧，前程怎断坎坷？未及云崖高处，已尝凉热。辰光冷冷淡淡，旧热情，似乎全舍。峭壁上，弄阴霾、俭腹哪堪猜度。　　隐隐丛林深处，闻杜宇、声声不如归却。斗转星移，路漫漫风与雪。闲来也曾惬意，看苍松、磊磊落落。梦去了，独舞剑鸡唱晓月。

2007 年 6 月 13 日

【注】

俭腹：指腹内空虚，比喻缺乏知识。

永遇乐

写给老年书画研究会德才、彦明、文锁、王晨、开昶等书法绘画摄影老师

　　书画同仁，银丝潇洒，光耀奎璧。八秩年轮，纯青炉火，德与才飞誉。明晨舒袖，松窗握管，放纵一怀豪气。锁无限、诗情画意，昶然定格焦距。　　梅花傲雪，香来寒苦，自得圣洁天地。雁鹤凌空，拨云排雾，凭靠双飞翼。管他多少，霜须雪发，老骥仍思千里。昨之梦、同台有我，共歌不已。

2009 年 7 月 22 日

【注】

奎壁：二十八宿中奎宿与壁宿的并称。旧谓二宿主文运，故常用以比喻文苑。

飞誉：扬名。

松窗：临松之窗。多以指别墅或书斋。词中指书斋。

定格：这里指摄影师对画面的捕捉或取舍。

永遇乐·以诗会友为诗结社

秋老天高，枫红水绿，乍冷还暖。靓女欢心，英男惬意，携手莲江畔。吟诗作赋，昨天网友，同乐一朝谋面。酒千杯，同吟共舞，凭谁不足心愿。　　以诗会友，为诗结社，网上山花烂漫。十指豪情，一腔佳句，敲碎千千键。鲲鹏有志，正当风好，任尔纵横霄汉。共诗友，弘扬国粹，山呼海颤！

己丑秋日

瑶台聚八仙·旧雨新情杏林湖

雨过初晴，杨柳艳、湖畔举步轻盈。几人垂钓，凝目似赏荷荣。桥上新娘留笑影，枝头燕侣喜争鸣。正花红。白云紫榭，如醉湖中。　　忙约同龄鹤发，共临风把酒，顿觉年轻。论画谈诗，神侃海阔天空。话当年为吐凤，欲将那书山一踏平。夕阳美、共钟情翰墨，其乐无穷。

2009年7月23日

唐多令·清明

——是日清明，满天飞雪，别有一番思绪萦绕心怀。

南国雨沾衣，北疆雪锁眉。共清明、似泪同挥。烈士陵园人祭祀，松高立，鸟低徊。　　国破恨倭欺，救亡战马嘶。守江山，血染旌旗。强国兴邦多少梦，开舜日，展雄姿！

乙未清明

沁园春·贺三昧诗社网群建群两周年

结社双春，网页花繁，揽艳夺芳。看荧屏得意，激扬平仄，键盘顺手，指点风光。岁月同吟，襟怀共咏，遣韵敲辞写寸肠。诗魔宠，任跋山涉水，苦亦张扬。　　图强文化先强，壮诗苑当求多脊梁。忆屈曹李杜，千秋圣笔，苏辛范陆，四海遒章。乐雪毛公，惊神泣鬼，多少先贤纵墨狂。弘国粹，唤精英策马，再铸辉煌！

2009年11月25日

【注】
屈曹李杜：指屈原、曹操、李白、杜甫。
苏辛范陆：指苏轼、辛弃疾、范仲淹、陆游。
毛公：毛泽东。

沁园春

致日军侵华物证陈列室并宋金和先生。是日,慕名参观日军侵华物证陈列室,受益良多。同时进一步了解了陈列室创办者宋金和先生,他一直坚守"勿忘国耻,珍爱和平"的信念,40年不辞辛劳,坚持收集日军侵华物证逾万件。先生潜心探索研究其中的史实,成为抗联史专家、党校终身教授。观后不胜感佩,故填词以记之,亦颂之。

倭寇侵华,物证如山,历历在陈。睹战刀军刺,钢枷铁铐,图刊载迹,枪弹遗痕。抢掠烧杀,岂容否认,颅列尸横不忍闻。遭涂炭,数当年国耻,血泪淋淋。　　橱中件件千钧。念藏者集成尽苦辛。历搜南索北,翻仓觅店,撰文究史,溯底寻根。班固传魂,功高名赫,多少折服赞宋君。期圆梦,铸和平永世,寰宇同春。

丙申仲夏

小桃红【越调】

——写康复治疗中的张丽莉并和春阳

卧听蕉叶雨凄凄，谁惹天公泣？康复何时可归去，好心急。当初救险人无惧。身残未悔，乡愁难已。长夜梦怀橘。

2014 年 7 月

【注】

怀橘——典出《三国志·吴志·陆绩传》："绩年六岁，于九江见袁术。术出橘，绩怀三枚，去，拜辞堕地，术谓曰：'陆郎作宾客而怀橘乎？'绩跪答曰：'欲归遗母。'术大奇之。"后以"怀橘"为思亲、孝亲的典故。

附：胡春阳曲作《小桃红》

这首曲是为美女教师张丽莉所题，多数人只了解她遇险救人的一面，但她伤残后内心曲折压抑、以及普通人的情感却鲜为人知。近两年了，她一直在北京恢复治疗，她非常思念家乡、思念她的学生、思念她的亲人，故而题之。

紫云入海曲声声，淑女弹琴筝。诠释知音作情种，韵相同。　春蚕到死丝方尽，柔情晚风。相思与共，境若梦乡中。

定风波·读《红楼梦》

何以无情论牡丹，芙蓉哀叹又谁怜。酒冷茶香多琐事，谈玉，焚绢削发赖姻缘。　一部红楼名后世，看毕，几多清泪洒襟前。终是落花逐逝水，难违，航船依旧起云帆。

丁酉年秋

南歌子·劝悦

月亮存亏满，人生有喜忧。韶光一去不回头，世事牵情切莫觅闲愁。　海阔千帆度，天宽万物收。都信宰相腹行舟，更有开怀弥勒笑春秋。

2008年4月9日

行香子·还乡读秋

江浪翻银，田野涂金。尽铺张，鱼米乾坤。彤阳含笑，飞鸟歌吟。恋东乡果，西乡稻，故乡人。　应怜紫燕，自叹浮沉。正南归，朝暮相群。来时绿晓，别去黄昏。任一程风，一程雨，一程云。

戊戌秋日

行香子·秋

万树鎏金，五彩衔云。畅辽阔，感悟天恩。西风退雾，寒露吞尘。享林清静，溪清澈，菊清芬。　　回眸旧岁，厮守青春。怎堪忘，几许离分。山回路转，意远情真。写一行雁，一弯月，一颗心。

戊戌秋日

一剪梅·癖好今生

寒舍青睐翰墨香。赏字东墙，赏画西墙。关乎俗雅不思量，石趣厅堂，兰趣书房。　　无奈今生癖好长，黑发吟郎，白发诗狂。耕耘自在乐斜阳，遣韵舒张，遣意昂扬。

戊戌夏日

钗头凤·暴风雨

惊雷吼，狂飙骤。雨倾如泄松窗抖。荷塘诉，江流怒。九天撕裂，女娲难堵。苦，苦，苦！　　鸳鸯走，谁相守？难临方识看家狗。应回顾，揪心处。趁天晴好，漏檐当固。悟，悟，悟！

戊戌腊月

钗头凤·过年

年滋味，团圆贵，万方歌舞迎新岁。无眠夜，烟花烈，锦灯高照，北辰光澈。赫！赫！赫！　忙年累，从无悔，子孙缠绕翁先醉。佳肴奢，亲情热，福如江海，寿如松鹤。乐！乐！乐！

己亥年正月初八

忆秦娥·东风烈

东风烈，拍蝇打虎惊雷慑。惊雷慑，天高气正，九州欢惬。　拳拳出手真如铁，招招解气贪官折。贪官折，江山得固，梦圆心阔！

戊戌秋日

十六字令·河 三首

(一)

河！峡谷狂涛放浩歌。惊壶口，不再怕阎罗！

(二)

河！孰比尼罗万里波。地中海，无你怎磅礴！

(三)

河！银汉无边哪有舸？鹊桥上，牛女泪滂沱。

戊戌腊月

【注】

壶口：指黄河壶口瀑布。尼罗：指尼罗河：世界第一大河，注入地中海。

月华清·元宵节

　　灯节游园，娇孙牵手，老夫豪兴江畔。顿感年轻，似吃了回春宴。刚羡慕、冰塑天蓬，又指点、雪雕罗汉。夺眼，数奔驰宝马，通衢塞满。　　江上封冰欲断。正困水期帆，杏花思绽。东极春娇，鹤鹭更着人盼。为希冀，一醉方休，足福寿、百忧皆散。如愿，乃朝朝丽日，普天璀璨！

　　　　　　己亥元夕（用宋·洪璨词谱并韵）

【注】

天蓬：即天蓬元帅，暗指己亥猪年。

奔驰宝马，通衢塞满：化用唐·李商隐的《观灯乐行》诗句："香车宝盖隘通衢"。

赞颂篇

步韵敬和马凯先生

莫道吟坛好雨迟，当春沥沥润青枝。
新君咏志江山幸，老骥用心奎壁驰。
广袤梧桐招彩凤，昂扬续曲胜唐诗。
欢欣文苑歌潮涌，陶醉复兴圆梦时。

乙未中秋

【注】
奎壁：二十八星宿中奎宿星与壁宿星的并称。旧谓二星宿主文运，故常用以比喻文苑。

附：马凯诗《七律·写在中华诗词学会第四次代表大会召开之际》

大地春回盼未迟，唐松宋柏又新枝。
随心日月弦中起，信手风云笔下驰。
骚客曾忧无续曲，吟坛应幸有雄诗。
山花烂漫人开眼，更待惊天泣雨时。

题佳木斯杏花节

杏花仙子挽纱罗,淡粉轻红雅气多。
陌上和风添艳美,湖边丽日助婀娜。
任观街市欢心舞,尽享田园惬意歌。
口角噙香吟岁月,毫端蕴秀写山河。

2009 年 3 月 23 日

汶川抗震感赋

风和日丽本悠然,不测灾横血泪连。
九域悬心牵蜀水,四方援手向巴山。
中枢谋救倾千爱,劲旅拼搏解万难。
再造家园当更美,青山雨后艳阳天。

2008 年 6 月

访故乡敖其

殊檐秀瓦赫哲居,特色江村绕柳堤。
谁筑新楼添旧迹?春归旧燕唱新栖。
洗尘酒兴肠无底,开口民生夜有题。
渔火鸣蛙山捧月,桃源入梦已闻鸡。

2009 年 3 月 14 日

【注】
新楼:指影视城;旧迹:取古迹词解。

抗战胜利日大阅兵观后

平倭雪耻当铭记,十里长街正此时。
凛凛天兵震寰宇,锵锵神器壮雄师。
众邦助阵九州幸,千载和平百姓期。
我亮轩辕非欲战,豺狼碰壁好吟诗。

丙申仲秋(9月3日)

【注】
　　轩辕:这里指轩辕剑。传说是一把圣道之剑,其内蕴藏无穷之力,为斩妖除魔的神剑。比喻受阅的各类先进兵器。

国庆节郊外赏秋

丰登五谷壮田畴,浩瀚橙黄眼底收。
霜染关山飘彩练,江流阔野舞蓝绸。
欢欣安泰六十载,希冀富饶八百秋。
满腹诗行方待咏,雀儿先我唱枝头。

2009年6月29日

红兴隆农机历史科技园

兴隆展馆四门开，历代金刚上舞台。
辟地元勋今尚在，传奇新宠屡重来。
千般武艺随心耍，万顷桑田任意裁。
发展三江大农业，论功再醉酒千杯。

2014 年 6 月

【注】
金刚：神通广大之神，这里比喻先进的大型农业机械。

久违草帽村

——佳木斯郊区美丽乡村建设一瞥

秀貌新容应不识，幸亏南岭未更姿。
长街短巷铺云锦，绿柳红花绕短篱。
环境清幽人惬意，文明时尚众追之。
治愚奔富传佳话，美丽乡村树大旗。

甲午初秋

【注】
南岭：指草帽岭，也称草帽山。
云锦：比喻白色路面。

悼张学良将军

当年戎马乃豪杰，爱国壮举尤可歌。
一朝兵变惊天地，千古殊勋昭日月。
挟蒋纵蒋思华夏，雄心忧心系山河。
若非不幸陷囹圄，纂就史书功更多？

2001 年 10 月

礼赞李宗秀老师

喜甚重逢九秩师，关怀学子忆春时。
晨操暮寝倾心著，家事私情入脑迟。
奉献肝肠为桃李，耕耘岁月任霜丝。
一腔热血书仁爱，舍己人生璀璨诗。

戊戌夏日

港珠澳大桥通车庆典

百里长桥三地通，伶仃洋已不伶仃。
驾虹幻化千秋梦，踏浪沉浮九宇星。
昨日登天神箭闹，今朝跨海巨蛟宁。
女娲张羽无须在，奇迹依然世界惊。

戊戌中秋

元夕随笔

己亥上元歌不同,骚人共唱月华清。
烟花感动凌云笔,妙墨疾书东极城。
大舜安邦为华夏,老夫索句壮吟旌。
夺眸一脉亲民策,宠我倾心赋太平。

己亥元夕

抗旱救灾话支农

默默村头苦菜花,迎来商户与专家。
亡禽解剖谈防治,新药赠捐催接拿。
少雨一春干旱重,多禽半夏疫情加。
直言翁媪夸新政,无奈天灾肿火牙。
只盼明年风雨顺,再邀贵客吃鸡鸭。

2003 年 6 月 6 日

【注】
　　政协机关干部联系五个商家,捐献近万元的化肥、农药等物资,并邀请四位农艺、畜牧师赴平安乡富胜村开展支农服务活动,深受当地百姓欢迎。所见所闻感慨颇深。

忙 年（代笔）

跑罢南城跑北城，忙年购物费心情。
唐装如意思婆母，手表斯文送老公。
为女寻鞋习舞步，替儿选剑逞豪英。
更怜新釜图遥控，好给亲人炒煮蒸。
高挂红灯辞旧岁，书联弄墨醉春风。

戊戌腊月

都市街灯

生就一身钢铁骨，甘陪日月度清风。
光辉洒尽寒和暑，为给行人照路程。

2003年5月

虎林印象

小城堆秀多才俊，边贸腾达显地灵。
虎立乌苏争霸气，雄鸡冠上宝珠明。

2003年7月

【注】
雄鸡：指中国地图。虎立乌苏：指乌苏镇的巨虎塑像。

山庄春声

铁牛犁醒霞一片，云际回鸣雁几行。
越谷溪流奏新曲，采蕨姑嫂唱山梁。

2004 年 6 月

谷 雨

高天丽日几丝云，江畔风和柳色新。
北垄机鸣忙稼穑，南街叫卖似歌吟。

2008 年 5 月 2 日

阅《新荷》首刊有感

一阅新荷倍喜欢，犹如漫步小公园。
回廊曲径青青草，点点红花绽路边。

2008 年 4 月 15 日

题郊区望江工业开发区

一片新区壮北疆，宽街高厦似张扬。
好巢何虑无新鸟，来日郊区彩凤乡。

2008 年 9 月

北方佳宾酒

三江圣水酿佳宾,闻得醇香已醉人。
道是李白尝半盏,万千灵感入诗魂。

2009 年 6 月 16 日

三江秋韵

橙黄五谷满桑田,广袤不知何处边。
收获机群歌百里,一轮红日醉关山。

丁酉年秋月

佳哈高铁

高铁穿云向省城,登车一路驾鲲鹏。
康乾大帝今如在,看你金舆何处扔!

戊戌仲秋

致佳木斯诗协庆生会

俗云冬至不行船，唯独吾侪扬锦帆。
应约骚人皆梦鸟，一天归燕正呢喃。

戊戌冬日

【注】
开锦帆：化用杜甫诗句："风生洲渚锦帆开"。
梦鸟：典故，喻诗文才思之富。

赠市诗协蒙吉良主席

德高望重艺超群，卅载文坛乃领军。
画印诗书昭北斗，凌霜傲雪一枝春。

戊戌冬月

赞寒小诗词大赛

东极诗童非等闲，稚音朗朗壮雄关。
何愁国粹无人继，红日初升耀宇寰。

戊戌冬月

【注】
寒小：即抚远市寒葱沟小学。
东极：指祖国的最东部，祖国的第一缕日光从这里升起。

塞北农家四季歌

（一）

春雨柔柔柳色新，田畴稻麦润甘霖，
农家喜甚天时好，免赋休捐更称心。

（二）

夏露莹莹百草芳，阿哥踏翠牧牛羊。
采山幺妹歌不断，唱醉流霞卧岭旁。

（三）

秋阳熠熠耀桑园，篱畔黄花带笑颜，
五谷丰登须纵酒，万家陶醉米粮川。

（四）

冬雪飘飘万里欢，银蛇蜡象兆丰年。
秧歌锣鼓迎新岁，焰火映红尧舜天。

2009 年 6 月 25 日

佳木斯四季歌

——为迎接国庆 60 周年而作

（一）

春风沐浴杏林湖，满目芳华景色殊。
塞北边城铺锦绣，东极沃土嵌明珠。

（二）

夏日三江湿地美，南来雁鹤闹边陲。
奇花异草争芳艳，稀世鳇鱼比舺肥。

（三）

秋姿飘逸大平原，稻谷橙黄映碧天。
四野机鸣收喜悦，千杯不醉米粮川。

（四）

冬季流连泼雪节，冰雕雪塑壮山河。
开怀一曲赫尼那，唱热寒风满塞歌。

2009 年 7 月 1 日

习近平主席沙场阅兵

兴师大点兵,浩气贯长虹。
劲旅环球著,宣言霸主惊。
虎蝇仍照打,带路已亨通。
伟略开新宇,高天信手擎。

2017 年 8 月

【注】
虎蝇:反腐败斗争所指的"苍蝇和老虎一起打"。
带路:指"一带一路"(丝绸之路经济带、海上丝绸之路)建设。

读习近平主席《念奴娇》词

百字思焦令,一怀鱼水情。
笔端尧舜气,韵里圣贤风。
掌舵方舟稳,亲民骇浪平。
拿妖布天网,定海缚蛟龙。

2015 年重阳节

江村掠影

岸柳随风舞，春晖满目华。
花招新蝶影，燕绕故人家。
老叟织鱼网，娇孙戏蛋鸭。
舟归一滩笑，夕照半江霞。

1979 年 8 月

咏天池

玉体与天邻，高洁不染尘。
有波移静日，无浪稳流云。
奉献一江水，生息两岸人。
己身甘冷落，成就北疆春。

2001 年 10 月

江口赏莲吟

彼岸莲花盛,催人跨北桥。
观姿吴炳美,论雅茂叔高。
王母身边侍,弥陀座上雕。
江村得君子,入梦亦妖娆。

2008 年 7 月

【注】

吴炳:南宋画家,他的画作《出水芙蓉》,在我国的艺术绘画史中,堪为荷花绘画艺术精品之最。其画生动细腻地刻画了荷花清新脱俗的优雅气质。

茂叔:北宋著名的思想家、理学家、哲学家周敦颐,字茂叔。他的著名论作《爱莲说》中"出淤泥而不染,濯清涟而不妖"成为千古名句;之后,荷花被称为"君子之花"。

王母句:相传荷花是王母娘娘身边的一个美貌侍女玉姬的化身。

弥陀句:莲花为佛教四大吉花之首;与佛教有千丝万缕的联系,无论画佛、塑佛,佛座必定是莲花台座。弥陀:阿弥陀佛的略称,西方极乐世界中最大的佛。

君子:指莲花,荷花被称为"君子之花"。

题敖其赫哲新村

何仙施妙手？独创敖其湾。
松水流青野，猴峰绕碧澜。
和谐莺燕舞，富庶赫哲欢。
最是今朝美，新村入画间。

2009 年 6 月

市文化艺术中心剪彩

雪城无腊月，文苑满堂春。
亮剪裁欣喜，红绸系热忱。
浮居吞笔客，乞墅谢公心。
征梦襟怀阔，遒章意境深。

2008 年

【注】

谢公乞墅：典出《晋书·谢安传》谢公指晋谢安。乞墅：给予别墅。这里借指市委主要领导重视，拨一处环境优雅的公园建筑，成立了市文化艺术中心。

赞韩老

敲诗赞韩老，雅誉越龙江。
从政无双士，建言惠一方。
前瞻思远大，后顾现辉煌。
在任功垂史，离休绩闪光。

2009 年 2 月 1 日

【注】
无双士：指才能出众之贤才。

佳木斯杏花吟

昨夜春风好，万枝花俊庞。
幽芬撩静岸，淡雅映澄江。
东极凭斯杏，边城诱北邦。
梦吟逢李杜，诗酒闹松窗。

2009 年 4 月 30 日

【注】
俊庞：容貌秀美。
松窗：临松之窗。多以指别墅或书斋。

黑龙江吟

盖世红松岭，神龙话大江。
山深藏柱栋，水阔跃鲟鳇。
春闹平原秀，雁欢湿地长。
安边兴伟业，筑梦向辉煌。

2014 年 10 月 5 日

【注】
红松岭：这里指兴安岭，乃中国红松之故乡。
神龙句：指黑龙江中黑龙战胜白龙的神话故事。

题公园一号楼盘

高厦衔云朵，清河映雅姿。
嗅林芳气爽，赏岸野花奇。
俯瞰松江水，闲裁鹤寿词。
嫦娥归故里，应可乐于斯。

2013 年 10 月 10 日

共和国的骄傲

——写在十九大召开之际

天眼观星宇，嫦娥探月乡。
蛟龙潜深海，航母下重洋。
跨海长桥酷，穿山高铁狂。
雄师多利器，科技筑辉煌。

2017 年 10 月 18 日

读梁松诗集《梦龙斋吟稿》

秉烛读吟稿，赏心书墨香。
殊才耀奎壁，梦鸟胜鸾凰。
立意白山伟，吟情黑水长。
诗文承国粹，德素共流芳。

2014 年 8 月 7 日

【注】

吕梁松：黑龙江人，中华诗词学会常务理事、中国书协会员。余之亲密诗友。

奎壁：比喻文苑。

梦鸟：喻诗文才思之富。

灾后访贫入农家

房低架短床，窗小洒幽光。
煮菜无油色，饥儿吞咽香。
妻残知节俭，夫病却刚强。
春种生计稻，秋收温饱粮。
问询灾后事，句句谢"包乡"。

2003年3月

【注】

随市政协视察灾后备耕生产，走访汤原某乡乡长所包贫困户见闻。

山 农

家住晚霞边，春秋一片山。
茅屋藏碧树，拂晓露炊烟。
田亩分三处，税提播院前。
东坡犁饭菜，西岭种油盐。
小女催学费，鲜菇紧凑钱。
辛劳肠胃好，勤奋梦乡酣。
足矣小天地，悠哉大自然。
今年风雨顺，嬉笑满山川。

1998年9月

【注】

播院前：意为把附近宜于管护的土地耕种好，以保证国家的税收和集体的提留。

重阳得句

国盛寰球叹，君明百姓欣。
宣言博今古，策略展经纶。
论梦群情悦，催征战鼓频。
擒虹跨江海，造眼辨星辰。
补漏娲能嘱，探洋龙可嗔。
遣尴除孽鬼，阅旅振军魂。
环保山河美，扶贫日月新。
邦交超历史，带路拓乾坤。
川普亲华夏，礼殊迎紫禁。
毛公思一统，时下立中心。
尧舜皆当喜，康乾孰比伦。
玉皇须纵酒，同我抖精神。

丁酉重阳节

怀念毛泽东主席

终身循马列，铁血换公平。
爱恨与民共，作为尧舜同。

甲午夏日

雪

莽莽银蛇地,悠悠蜡象天。
清白昭日月,明亮耀河山。

2013 年 11 月 24 日

月

悄悄守夜空,默默献光明。
一任寒和暑,千秋未改情。

2017 年 8 月

竹

生来挺且直,骨硬戒弯枝。
有节千秋画,虚怀万代诗。

2017 年 8 月

水

集流汇大川，化雨润桑田。
染就春春绿，垂成处处妍。

1997 年 11 月

东方第一镇

乌苏汇两江，渔火醉天堂。
九域谁堪比，优先得凤阳。

2009 年 3 月 2 日

【注】

乌苏：指乌苏镇，位于黑龙江与乌苏里江汇合处，在中国疆域的最东端，是国人最早迎来太阳升起的地方，故号称"东方第一镇"。

凤阳：指朝阳。唐温庭筠诗："积润初销碧草新，凤阳晴日带雕轮。"

满江红·松花江

源发天池，飞流骤，穿山越壑。无返顾，浩然东去，水长天阔。犒赐耕渔多富庶，从来奉献无穷竭。千百载、社稷共依存，同忧悦。　昔疆土，倭寇夺，平外患，涛流血。看今朝上下，一江澄澈。百舸千帆齐奋进，和风顺水争逾越。望前程、激浪动乾坤，奔腾切。

2004 年 1 月 20 日

渔歌子·农家

早起荷锄满岭霞，举足哼唱陌头花。身后果，眼前瓜，田畴历历好桑麻。　远野彤阳欲落涯，明窗幽舍小康家。梁上燕，水边鸭，夕晖柳影画篱笆。

2004 年 8 月

六州歌头·谒韶峰忆毛公

舜时韶乐，引凤舞峰端。星斗转，贤圣诞。尚青年，举非凡，初露英豪胆。苦博览，书万卷，襟怀展，忧国难，虑人权。满腹经纶，救世锋芒现，南岳巍然。有沉浮谁主，问大地词篇，指点江山，壮云天。　　树旗"三反"，顺民愿；妖任斩，鬼轻拈。正路线，施决断，导航船，挽狂澜。舵手一声唤，同心干，史空前。除外患，平内乱，均桑田。缔造新华，四海春晖艳，岁月开颜。领袖公仆意，党政共承传，百姓拥环。

2007 年 12 月 26 日

【注】

选用龙榆生词谱格二（平仄韵互叶）。

舜时、引凤句：传说五千年前，舜帝南巡，在一座山上演奏起动听的韶乐，竟引来凤凰起舞，此山因而得名韶峰（南岳衡山七十二峰之一）即韶山。

贤圣诞：指毛泽东出世。

人权：这里指人民的政治、民主权益。沉浮谁主、问大地、指点江山等词语均出自毛泽东诗词，其原句分别为："问苍茫大地，谁主沉浮？""指点江山，激扬文字""唤起工农千百万，同心干""三军过后尽开颜。"

树旗"三反"：树立马列主义旗帜，反对帝国主义、封建主义、官僚资本主义。

水调歌头·戊子感怀

戊子入新史,未了感怀时。回天聚力巴蜀,大爱壮星旗。圣火珠峰创举,奥运燕京盖世;环宇又"神七"。台海奏新曲,弦月胜畴昔。　　举全力,办大事,破难题。改天换地,江山着意画和诗。一代雄才伟略,十亿丹心热血,神鬼亦惊疑。但有精神在,水到自成渠。

2009 年 1 月

【注】

星旗:指五星红旗,即中国国旗。

弦月:呈半圆形的月亮;寓台湾尚未回归之意。

畴昔:往昔;以前。元·萨都剌"空怅望,山川形胜,已非畴昔。"

但有精神在:指抗震救灾精神、奥运精神、中国航天精神、共建和谐社会精神等。

水到自成渠:取水到渠成之义。

水调歌头·贺友声诗社成立

兴致蓦然起，惟聚政协时。诗词书画如酒，休怪醉翁痴。一派心心相印，一片惠风和畅，应把诸君迷。不种梧桐树，焉得凤凰栖。　举文明，扬国粹，展新姿。凭谁谋略，胸怀自在钓鳌兮。扑面阳春白雪，触目鸿儒雅士，舜日更相宜。良策但求早，好梦莫嫌迟。

甲午之春

【注】

钓鳌：典出《列子·汤问》。喻抱负远大或举止豪迈。

沁园春·三江颂

九域三江，旷世独惟，气象万千。叹茫茫湿地，悠悠雁阵，苍苍沃土，浩浩桑田。水戏鲟鳇，帆召鹤鹭，渔火清歌岁月欢。丹霞处，捧一轮朝日，献给尧天。　山川昌盛何年？拓广袤荒原始大观。羡生金蕴璧，光华纷呈；卧龙藏凤，豪迈频添。和睦同春，乾坤竞秀，杏雨香心芳满园。当歌舞，举千秋伟业，一脉相传。

2009 年 4 月 5 日

【注】

捧一轮朝日，献给尧天：指中国最早迎接初升太阳的地方。

拓广袤荒原句：指生产建设兵团开发三江平原。

行香子·佳木斯杏花节

一路春风，万树花荣。杏林湖、倒映轻红。弓桥别韵，亭榭芳容。共人儿醉，鱼儿跃，鸟儿鸣。　　长街锣鼓，广场歌声。望蓝天、漫舞云筝。登枝喜鹊，软语多情。道茶楼忙，酒楼满，戏楼兴。

2009 年 3 月 22 日

行香子·美丽乡村建设郊区行

杨柳青青，碧草茸茸。百花艳，一路香浓。家家阔舍，户户新容。正人儿笑，蝶儿舞，鸟儿鸣。　　乡村建设，硕果丰盈。高标准，手笔谁同？赫啦尼娜，唱醉村翁。恋田园秀，家园美，校园兴。

甲午初秋

【注】

赫啦尼娜：赫哲族民歌韵调。

行香子·福鼎白茶赋

太姥山崖，圣境仙家。览云峰、古木奇葩。香茗珍品，龙脉精华。乃"七年宝，三年药，一年茶"。　　名成福鼎，誉满天涯。降三高，功效堪佳。预防衰老，免疫当夸。助容颜美，健康永，夕阳嘉。

戊戌冬月

【注】

福鼎白茶产于著名的太姥山风景区，素有"一年茶，三年药，七年宝"的盛传和美誉。

三高：指血脂高，血压高，血糖高。

念奴娇·话改革开放

江山如画，九州龙虎跃，环球称绝。难忘当年更国策，天下纷纭凉热。乡里分田，城中改制，又几番嚼舌。卅年实践，沐彤阳享明月。　　回首历历春潮，迎流跨海，万众争英杰。治世兴邦多舜禹，扛鼎任凭风烈。千载飞天，百年奥运，怎数清逾越。遣谁挥墨，画得龙野蓬勃？

2009年4月9日

念奴娇·迎"七一"书怀

（用苏东坡《大江东去》词谱并词韵）

九州春好，梦之解，同享芳花明月。盛会经年，凭治略，一展天高地阔。规避危机，征服灾害，四海添愉悦。差嫦娥去，再探银汉蟾阙。　　重塑形象成潮，更拍蝇打虎，出拳如铁。回首方知，非此举，怎断民心凉热？遍访环球，现中华魅力，万邦情切。东风如意，举杯吟醉豪杰。

丙申仲夏

【注】
盛会：这里指党的十八大。
嫦娥：指嫦娥三号登月探测器。

满江红·迎共和国六十华诞感赋

华夏中兴，迎国庆，尧天舜日。传九鼎、民康物阜，金汤社稷。六十载航船破浪，十三亿逐潮挥楫。起宏图，有伟略雄才，谁堪匹？　　举改革，兴特色。除旧制。开新历。喜归回港澳，万邦云集。奔月凌空凭健翮，补天济世擎娲石。望前程，浩荡五星旗，千秋赤。

2009年4月11日

诉衷情·耕牛

耕春犁夏跑三秋，一任苦时候。管它日烈风啸，全力尽田畴。　　嚼野草，饮浊流，宿篱头。冒霜迎雨，戴月披星，终老无求。

2009 年 6 月 22 日

沁园春·松

万木风流，几似苍松，久负盛名。靠一身骨气，傲然屹立；千秋本色，永葆葱茏。土劣肥贫，风干日烈，雪辱霜欺绿尚浓。凌绝顶、任乱云飞渡，孰比从容。　　平生岁月峥嵘，自发奋同九域共兴。壮峨眉泰岳，凌云气势；西湖北海，秀岸临风。梁栋之材，谁堪替代，玉宇琼楼凭你撑。江山幸，有苍松魂魄，旷世恢弘。

2009 年 8 月 22 日

【注】

梁栋出处：宋黄庭坚《题王仲弓兄弟巽亭》诗："里中多佳树，与世作梁栋。"何其芳《哭周恩来同志》诗："一身真比泰山重，万口交称梁栋倾。"

天净沙·敖其湾

青山碧水花堤,小舟犁浪欢渔,柳岸城楼燕侣。古琴新曲,赫哲人醉新居。

2009 年 5 月 28 日

沁园春·敖其赫哲村

山倚猴石,水傍松江,一览翠茵。恋渔舟摇浪,稻花香岸,羊群欢坂,布谷鸣林。别墅排排,影城赫赫,除却仙乡谁比伦?翁之醉,又赫哲文化,绚丽缤纷。　　追因溯祖寻根,自辟地、赫哲历古今。羡列宗侠骨,开山拓水,子孙豪气,革旧图新。凭猎凭渔,任农任牧,世代堂堂创业人。东风好,正民族花盛,岁月流金。

癸巳初春

沁园春·丰碑

为迎接党的十八大而赋

盛会将临，回首十春，感慨万千。叹农兴盖史，工荣辟世；邦强惊霸，国盛空前。高铁穿云，长桥跨海，玉宇琼楼满人间。增豪气，最百年奥运，千载飞天。　　登攀志在峰巅，建功业、当书尧舜篇。又雄才一代，经天纬地，英豪亿万，斩水劈山。伐北征西，补天射日，计出锦囊皆凯旋。十八大，更蓝图锦绣，孰向桃源？

2012 年夏

【注】

玉宇琼楼：原指天上宫阙。典出苏轼《水调歌头》。

伐北征西：比喻实施振兴东北老工业基地和西部大开发等战略。

补天射日：指女娲补天和后羿射日，这里借指战胜地震、泥石流等特大天灾的英雄功绩。

计出锦囊：出自锦囊妙计，这里指党中央运筹帷幄，决胜千里的安邦治国之一系列宏谋远策。

桃源：指世外桃源。典出陶渊明《桃花源记》。

沁园春·写在党的生日

近日央视屡报我党惩治腐败的惊人成果，多少高官因腐败纷纷落马，足见以习近平同志为首的新一代党中央惩治腐败的决心和力度。因而感慨频生，填词一首，献给党的生日。

恶性顽疾，刮骨难除，医圣可逢？幸锋刀利剪，收拾孽障；验方新法，疗治疮痈。任你王爷，管他郡主，违我律规岂可容！万民悦，颂娲皇补漏，再世毛公。　　但听反腐之声，俱侃侃、江湖话题中。信明皇图治，尧天伊始；康乾施略，舜日方兴。国泰舟轻，民安水顺，载覆箴言血铸成。中国梦，乃山河富美，政治清明。

2014 年 6 月 30 日子夜

沁园春·佳木斯电商产业园采风纪事

圆梦中兴，手笔非凡，敢树大旗。叹新生硅谷，雪城添热；夺眸园景，东极称奇。塞上新葩，引来李杜，遣韵敲词正入迷。三江处，问电商发展谁可堪齐？　　郊区产业飞驰，喜政府、桩桩硬措施。赞四条围绕，多方顺意；四招立足，满坂香枝。一网牵纲，六基张目，更有一园展傲姿。思明日，更春光灿烂，无限生机。

2018 年 12 月 23 日

【注】

硅谷：引自郊区政府文件《打造黑龙江东部地区"电商硅谷"》。

引来李杜：指市诗词学会组织诗人到电商产业园区采风。

一网：即佳木斯特产网。

六基：指建设六个基地。

一园：指佳木斯电子商务产业园。

莺啼序·国庆六十五周年抒怀

　　山河载歌载舞，正金秋绚丽。满龙野、无限风光，万物神彩飘逸。庆华诞，六十五载，银花火树乾坤喜。史无前，强盛中华，震惊寰宇。　　一统江山，断却水火，且来之不易。旧疆土、屈辱前朝，九州忧患无际。树旌旗、南湖建党，率民众、伐敌挥戟。定乾坤、同庆开国，五星旗立。　　河山重整，百业中兴，大鹏任万里。览四海、水宽天阔，万舸争流，一展宏图，紫云祥气。农兴盖史，工荣稀世，嫦娥登月环球叹，闹开发、又辟新天地。长城内外，城乡处处东风，桑田岁岁甘雨。　　兴国治略，几度迂回，误主观任意。搞特色，英明决断，自在求实；校正航船，善循规律。求深改革，谋宽开放，殚精竭虑兴伟业；系苍生、尧舜千秋誉。强邦依恃雄才，纬地经天，永年社稷。

2014年10月1日

喝火令·爱我家乡黑龙江（用黄庭坚词谱）

　　领岭红松著，吟龙黑水昌。矿丰林茂豆花香。湿地草肥丛密，鹤鹭任张扬。　　水阔鲟鳇跃，山深柱栋藏。摘珠挖璧拾琳琅。怎不开怀，怎不咏辉煌。怎不醉心牵梦，终是爱家乡。

丁酉仲秋

喝火令·致敬宗秀老师（用黄庭坚词谱）

好梦逢师悦，柔言将我嗔：数年何怨未闻音？但恨一别遥远，岂泯念师心。　　探寝询寒暖，牵肠比母亲。满胸怀大爱殷殷。总是操劳，总是苦耕耘。总是烛蚕魂驻，每忆泪沾襟。

戊戌秋日

【注】
烛蚕：化用"春蚕到死丝方尽，蜡炬成灰泪始干"。

忆秦娥·港珠澳大桥通车感怀

惊云鹤，长桥百里从天落。从天落，港珠连澳，梦圆无壑。　　零丁洋上谁言寞，共和国里前途阔。前途阔，紫霞任乘，鸟飞鱼跃！

戊戌秋日

【注】
紫霞：道家谓神仙乘紫霞而行。

感时篇

冰与水

冰水同族性不同,刚强柔韧自分明。
冰于冷处刚强驻,水在暖时柔韧兴。
酷暑施冰刚孰继,严寒待水韧谁承。
刚柔倘若随心愿,把握温差一部经。

2001 年 7 月

用针与用剑

银针利剑久名扬,各展其长震一方。
祛病银针显神术,杀敌利剑露锋芒。
持针岂可驱敌寇,用剑焉能治病伤。
不用其长用其短,因何故意弄荒唐?

2001 年 7 月

【注】
有感于用人。

古戏新编

东区老大谓何才，想必高侪也费猜。
昨戴乌纱凭绝技，今操印柄弄浊埃。
辕门人事如云变，府第金钱似水来。
世道无心孰去想，贪婪自筑断头台。

1999 年 12 月

送冯君赴远任

昔日迎君绿柳春，今宵饯宴对霜云。
才能胜任千斤担，德绩折服百姓心。
非是前方缺战将，却知此处待皇亲。
莫谈官场单说酒，免得钟馗去骂门。

1997 年 10 月

【注】

不知什么缘故，冯君被平调到某县任副县长。据说该县当时配了 9 位副县长（省文件规定配 5 职）。

西镇简政

前年盛会定精简,时过三秋启动难。
莫道东乡思路窄,且说西镇措施宽。
劝离老壮增薪水,纳入新尊配玉冠。
谁管商鞅原本意,买单皆付孝公钱。

2001 年 11 月

【注】

定精简句:指朱镕基总理在全国人民代表大会上作报告部署精简机构。

配玉冠:意为提高待遇,增加财政支出。

商鞅:秦孝公之臣,在秦孝公支持下,主持两次变法,使秦国富强。

家乡的烟囱

高高在上冒黑烟,治理轮回效可怜。
正悦一方浊气减,又闻四处秽风旋。
松松紧紧年年治,絮絮叨叨处处宣。
何日家乡环保好,众人头上尽青天?

2003 年 11 月

故乡的东山　二首

仰望东山忆儿时

少小登山春日好，满山情趣满山娇。
杜鹃潇洒枝头唱，松鼠机灵树上逃。
崖顶甜莓牵万叶，岩旁酸杏累千梢。
梦中惊叹孙行者，筋斗翻来盗寿桃。

再望东山问不休

老大还乡不忍瞧，裸山秃岭好心焦。
诗情画意啥时去？春绿秋红哪日消？
芍药何方育花蕾？杜鹃甚处度春宵？
徒留满眼黑石土，谁伴斜阳与共娇？

2002 年 4 月 23 日

【注】
看到故乡的生态环境被破坏，深感惋惜而作。

追悔莫及

安平保险有神功,奥妙深藏保死生。
一旦伤亡千百悔,半打书证五六空。
贪听尊口谈实惠,忘纳戒心辨热情。
寻聘高人修诉状,未知何日断输赢。

2003 年 5 月 14 日

【注】
某干部亲属买某公司人身保险后,遭车祸身亡,其家属为索保险金而打官司输赢未卜。闻其情节而写。

望江春旱

干风烈日雨无滴,格节河枯老辈奇。
棚里稻秧亟待插,天边云影总相离。
去秋多害七成谷,今夏重播六月犁。
片片衰苗浑欲死,老农愁鬓又霜丝。

2003 年 5 月 29 日

【注】
格节河枯:指流经望江镇境内的格节河因干旱出现二十多年一遇的断流。

送夏桂芝

当年柳巷多情女，今岁朝堂武贵妃。
只认孔方兄似父，常收贿赂胆如贼。
鸡鸭不齿池中物，松柏常集厕里肥。
莫道滩头江水浅，浅滩正好养乌龟。

2006 年 4 月

【注】

孔方兄：典故，宋黄庭坚诗："管城子无食肉相，孔方兄有绝交书。"之后"孔方兄"就成了钱的代名词。

江城春雪

飞雪迟来二月春，轻声告慰一乡人。
已偿田野丰年兆，也算江城气象新。
上帝慈悲施善意，老爷睿智步青云。
风来雨去山依旧，草绿花黄季照轮。

戊子年二月十九日

有感城市噪音

行人不管绿红灯,车辆笛音刺耳鸣。
满巷噪音多肆意,一轮窗月少安宁。
心中万念桃园境,梦里千寻礼仪风。
莫让和谐辞故里,当须从我讲文明。

2009 年 8 月 20 日

差谁塑造佛陀心

美英欺世弄戈频,制恐凶顽肆意侵。
非典恶魔惊世界,兴安烈火毁森林。
天灾莫是神仙惹?人祸当归歹物淫。
上帝如能免灾害,差谁塑造佛陀心?

2003 年 4 月

【注】

写于恐怖爆炸、伊拉克战争、大兴安岭火灾及非典型肺炎发生之后。歹物:这里指战争制造者和恐怖分子。

乐哉忧哉

一从开放海风熏，终算自知观念陈。
难读贪欢新嘴脸，易谈吃苦老精神。
君明岂少回天术，水患应多诺亚轮。
七尺兴衰老婆管，趁闲筑梦早回春。

戊戌仲秋

家居环境

邻家泼女鬼迷魂，神汉巫医个个亲。
昨夜送别甄老道，今朝又约贾新神。
来来往往早中晚，闹闹哄哄猪狗人。
搬走终究为上策，不知何处好择邻？

2003 年 6 月

时人选花

常怪菊花不耐寒，又嫌兰叶瘦无妍。
选花眼力堪称好，篮内哪枝为牡丹？

2000 年 5 月

塞北春晚

江南杨柳吐新枝，企盼龙江解冻时。
庆幸移开顶门杠，春风扑面正相宜。

1983 年 5 月 18 日

【注】
　　写于黑龙江省排除保守思想，开始全面推行联产承包责任制之时。

工　程

基础改新生怨气，楼台缮旧遇徘徊。
莫烦春夏袭人雨，但愿秋霜不早来。

2001 年 12 月

新　药

至尊论病赐良方，新药好喝如蛋汤。
昨日上书疗效好，今朝何道短和长？

2001 年 3 月

游三江之源偶感

群峰拥抱天池水，峡谷回旋瀑布声。
山外江流闹污染，源头庆幸水还清。

2001 年 9 月

【注】
　　三江之源：指长白山天池，是松花江、图们江和鸭绿江三江之源。

空　弹

千说万劝动心声，至理真情尽道明。
空奏弦琴对牛也，畜牲毕竟是畜牲。

1999 年 1 月

生态园酒店

锦城郊外水晶宫，异树奇花富丽风。
月下芳园酒杯响，盖平犁马夜归声。

2003 年 5 月 28 日

说 蚕

片叶知足任雨欺，平生付诸一根丝。
茧中自缚时人笑，却爱包装锦缎衣。

2003 年 9 月

【注】
茧中句：指时人拿作茧自缚说事。
锦缎衣：指用蚕丝制成的衣服。

谈 水

寻常温顺任方圆，一旦狂洪起祸端。
载与覆舟成阔论，古今几许不空谈？

2000 年 2 月

江边鱼馆

窗外菜园十里翠，堂中贵客品鱼肥。
买单如断农家税，席上做东还有谁？

2003 年 6 月 18 日

读邵禹诗集所感

为何总是吟杨絮，多少风华似絮飞。
丁点学来禄儿技，此山之主不知谁。

2003 年 7 月 11 日

【注】
　　邵禹：三江才子，文笔出众，为人坦诚，处事率直，居官清正。读其诗作多处吟及杨絮。
　　禄儿：安禄山为获皇宠可谓处心积虑，极尽溜须拍马之技，甚至认杨贵妃为干妈，以至宫中上下均以"禄儿"称之。

鹤大公路印象

驱车上路跨河山，无限风光载笑颜。
只厌诸多收费站，油门未尽又栏杆。

2003 年 7 月

无 题

开口功名如粪土，侃谈讥笑古君侯。
举杯说醉实非醉，高调寻常酒后流。

2005 年 6 月

观风筝　十首

（一）

起舞依依若动情，含姿跃跃似飞鹰。
凭高任览天和地，即兴巧拨云与风。

（二）

借天潇洒望江城，拂面缠绵绿柳风，
一派春荣收眼底，万分诗兴咏怀中。

（三）

若无霁日与和风，那得长空露雅容。
尽管微躯无振翼，幸亏一线总牵情。

（四）

放眼飞鸢半纸容，举头牵手一根绳。
闲情恰恰思风顺，雅趣悠悠怕雨凌。

（五）

六十邻老笑群童，三五飞鸢恋半空。
白发岂嫌春野绿，青丝却怨晚霞红。

（六）

空有秀颜无秀骨，只能依赖顺风飞。
凡胎岂有鲲鹏气，薄翼何谈任雨雷。

（七）

罢舞嗔嫌无顺气，乱飞怨恨有疾风。
若知智勇归完璧，何赐平庸尽坦程？

（八）

蝶梦挟云踞太空，春风借力显尊容。
莫言露脸星河上，当虑断弦沟壑中。

（九）

轻身醉梦扰长空，作势装腔效大鹏。
自命高飞能揽月，否则谁会怨牵绳。

（十）

几分骄气近浮云，每见徂风乱许身。
有眼难猜无眼物，无心辜负有心人。

2009 年元月

村野旱象

一江流水瘦嶙峋，四野风沙漫路津。
饥渴山鸭改栖处，枯衰老柳对愁人。

2003 年 5 月 25 日

【注】
下乡抗旱见闻。

期　雨

五更风骤惊雷沉，误断合声是雨音。
朝看衰苗叶无露，悔出室外扫欢心。

2002 年 5 月 26 日

七夕断想

王母绝情划一簪，相思牛女泪年年。
情人夜恋七夕酒，喜鹊搭桥不肯还。

甲午七夕节

【注】
牛女：牵牛、织女两星或"牛郎织女"的省称。

早春天气

昨日冰融今日雪,老天心地太难猜。
打工幺妹愁何故,但愿寒潮少袭来。

2009 年 3 月 17 日雪

中秋夜话

凭栏新月朗,信步塞风柔。
翁醉随心酒,稻香如意秋。
诗吟焦县令,词赋孔知州。
水顺行舟远,心宽好梦稠。

2015 年中秋节

【注】
焦县令、孔知州:指领导干部的楷模焦裕禄和孔繁森。

望江思

江流泻千里，一路展风华。
浩气吞云雨，柔情吐彩霞。
因流域污染，鲜见鸟喧哗。
切盼经纶策，根除害水虾。

2014 年 5 月 18 日

狂人论诗

岂管平和仄，雌黄道与佛。
鹅棚狂论马，马厩硬谈鹅。
破釜难蒸气，逃师易乱辙。
浑身无丽骨，何苦冒名模？

2005 年 12 月 5 日

【注】
雌黄：《颜氏家训·勉学篇》："观天下书未遍，不得妄下雌黄。"

佳木斯一瞥

湿地数三江，多娇汇一方。
草深招鹤鹭，水阔跃鲟鳇。
渔牧山川秀，耕耘稻麦香。
杯中大荒酒，眼下米粮仓。

2014 年 10 月 5 日

龙江印象

盖世红松岭，闻名北塞江。
抗倭经壮烈，创业历辉煌。
油井一方热，煤窑四处凉。
兴边黎庶梦，抢眼米粮仓。

2016 年 10 月 5 日

【注】
油井指大庆油田。煤窑指鹤岗、鸡西、双鸭山、七台河煤矿。

杨柳絮

可怜杨柳絮，假冒雪花飘。
乱扑行人面，轻浮戏睫毛。
风来尤放纵，雨去复招摇。
容忍登街市，乃因杨柳娇。

2014 年 5 月 23 日

【注】

乱扑行人面：引用北宋词人晏殊《踏莎行》："春风不解禁杨花，蒙蒙乱扑行人面。"

瞧这个别一家子

爷爷疑马列，奶奶拜弥陀。
爸爸亲天主，妈妈谒鬼魔。
大儿思富佬，小女厌穷婆。
信仰如沙散，开腔怨气多。

【注】

家庭是社会的缩影，也是社会的细胞。细胞粗看好，信仰知多少。

忧 心

直放海风熏，高堂心脑疾。
频医少验方，屡药无痊意。
远怕入膏肓，近忧丢理智。
折腰求上苍，速把灵丹赐。

1999 年 11 月

难 题

正气人言艮，清风友笑痴。
先生拿不准，学子乱答题。

2000 年 8 月

问 星

触目一颗星，冷颜浮夜空。
无心云外物，可晓世人情？

丁酉暮冬

卜算子·游亮子河原始森林观松感怀

仰首望高松，挺立擎霄汉。可叹如斯好栋梁，谁入深山看？　　多少选材人，杂木遮昏眼。却弄苍松傲雪图，画景装门面。

2000 年 7 月

清平乐·壬午除夕雪感怀

新年即到，飞雪窗前绕。又送银装谁犒劳，可问黑羊嗜好？　　旧年素裹河山，九州难睹别颜。眼下红灯绿酒，青黄舌口之间。

2004 年 2 月

【注】
黑羊：农历癸未年在民俗中称为黑羊。

忆江南·暮秋

秋将老，庭树瘦黄时。但恨西风喧昨夜，可怜衰草卧东篱。孤苦菊何依？　　方卸任，俗眼且迷离。春日耀门应轿马，秋霜染鬓拜沙弥。遣闷惹黄鹂。

2007 年暮秋

浣溪沙·小店主

购物初将小店临,彬彬店主笑吟吟。一回上帝感怀深。　换物复来冰冷冷,出言不逊脸沉沉。斯人谁造两颗心?

2003 年 4 月

天净沙·污染

噪声尾气浊云,赤潮酸雨沙尘,秽水垃圾甲苯。忧心浑沌,叹人寰自掘坟。

2009 年 5 月 26 日

江城子·望秋水

松花江水向东流。过城畴,可回眸?滩头遭闷,青浪共忧愁。何苦也嫌新府邸,弯四壁,陡门楼。　如灯走马绕心头。到何谋,去谁讴?人多粥少,老幼盼增收。却见庙堂香客挤,僧快乐,好春秋。

2008 年元旦

凤凰台上忆吹箫·雷暴雨

电闪雷鸣，似裂如炸，骤然狂雨倾盆。望渡头舟乱，浪里浮沉。好个无情天气，说突变、万马千军。今何必，挟雷弄雨，扰我乾坤。　　昏昏，问谁作祟，容雷雨横行，必是流云。却满天泼墨，枉冒骚人。敲句抒怀忙甚，何管你、真假斯文。正思忖，生当俊杰，死亦雄魂。

2009 年 7 月 25

沁园春·怨天尤人

碌碌乾坤，莽莽山河，怎可解忧？看黑烟放肆，沙尘暴虐，秽风作乱，浊水横流。生态危机，此伏彼起，岁岁难题治理愁。缘何在？骂无情上帝，祸害环球。　　春秋星斗悠悠，暗捐纳谁为孺子牛。问仲淹忧乐，包公喜怒，猴王真假，妖孽除留？髓骨之疾，孰堪治愈，扁华复生梦里求。天长眼，幸大河犹有，清澈源头。

2008 年元月 2 日

【注】

捐纳：捐资纳粟换取官职、官衔。此制起于秦汉，清中叶后大盛，称为捐纳。

仲淹：范仲淹："先天下之忧而忧，后天下之乐而乐。"

猴王真假：引用《西游记》故事真假猴王。

扁华：指古代神医扁鹊和华佗。

一剪梅·秋感

怅望云天雁字长,来也匆匆,去也匆匆。苍鹰不问雁何方,风自徊翔,雨自徊翔。 岁月悠悠两鬓霜,苦对松窗,笑列诗墙。遣词敲句近乖张,晓叹胡杨,昏叹宫杨。

2009 年 2 月 15 日

一剪梅·寒秋

怎奈西风又满楼。坪草凄凄,亭柳悠悠。篱边菊瘦将谁依?犬吠添烦,雁去添愁。 霜鬓回眸泪欲流。花月春年,鼠眼猪头。思之切莫问何如,出梦如狼,入梦如牛。

2007 年 10 月

踏莎行·老柳

几日东风,一宵细雨,窗前老柳知春意。忙裁细叶饰新颜,惹来客燕双双语。 花镜三更,残牙九治,老来少往人前去。春风依旧似当初,天公不断情和义。

2013 年 6 月 11 日

临江仙·读习近平主席词感怀

领袖大风吟县令，一心总系民情。而今兰考又东风。爱心成绿海，逝者化焦桐。　　九域二千九百县，几多裕禄重生。红船顺水自鹏程。好官人念念，好路梦盈盈。

甲午仲夏

【注】

而今句：指习近平主席今年把兰考作为指导群众路线教育实践活动联系点的情景。

红船：这里指南湖红船，又称南湖革命纪念船，是象征意义上中国共产党的诞生地。

临江仙·闲谈小事

闻依兰县高级中学一女教师公然在课堂上辱骂学生，向学生索要礼物的案件，从而引发了余对附近中学的一串联想和忧思……

近校公交车几路，寻常老少同乘。每逢翁媪遇学生。少年忙抢座，老朽想雷锋。　　一叶知秋秋渐冷，似乎德育失灵。孔方何故害园丁？树人曰百载，失德怎成龙？

2014 年 10 月 10 日

行香子·观霞

朝挂东山,暮上西天。任张扬,谁得清闲?靠云混世,借日生妍。更淡涂粉,浓涂紫,艳涂丹。 其中雾絮,其外光环。几何时,自比婵娟。七成灰色,八面浮颜。正一时昏,一时幻,一时残。

戊戌腊月

望海潮

刘英俊离开我们已近50年了,如果英雄健在,我们几乎是同龄人。日前拜谒刘英俊陵园,别有一番滋味在心头。

强拦惊马,儿童得救,英魂震撼中华。烈士墓前,石雕像下,彼时不断陈花。谒者有天涯。日前我凭吊,虔敬新葩。嬉戏孩童,笑霜丝老朽谁家? 匆匆岁月流霞。想当初市井,多少清嘉。翁媪乘车,少年让座,如今可把谁夸?孙子已成爷。可叹繁荣了,情若浮沙。怎向英灵道破?无语日西斜。

2014 年 8 月 15 日

西江月

鹦鹉出言人爱,雄鸡亮嗓歌来。不知鸭子是何才,一路轻浮乱拽。　　书圣换鹅挥墨,诗仙邀月吟怀。东施好学亦登台,自傲形容焕彩。

戊戌腊月

喝火令·乡官　二首

(一)

祖墓青烟起,乡官我压群。语吞吞也事昏昏。政绩莫言谁好,礼好自留人。　　去惯庄稼院,常餐酒最亲。醒三巡罢醉三巡。喝坏肝肠,喝坏领头人。喝坏党风廉政,伤透一方心。

(二)

自始施新政,乡官选我当。日无闲处夜奔忙。工作众人夸好,巡视也优良。　　常往基层跑,扶贫具体帮。话殷殷也做堂堂。一顿清粥,一顿菜干粮。一顿面条咸豆,农户泪汪汪。

2017 年 10 月 18 日

游历篇

游吉林松花湖

奇峰丽影入龙潭,旭日柔辉映客船。
午叹松高立岩首,晚惊霞艳染湖端。
夜闻虎岛涛声远,更恋亭台月色妍。
如若奇缘神可赐,必约此处待天仙。

2001 年 9 月

【注】
龙潭:指景点卧龙潭。
虎岛:指景点五虎岛。

长白山瀑布

一道悬河落碧空,摇山荡谷起雷鸣。
狂流卷雾托低日,峭壁飞烟挂短虹。
万丈层林巧浓淡,百折溪水任西东。
盛唐不筑通天路,贻误诗仙唱九重。

2001 年 9 月

【注】
起雷鸣:长白山瀑布气势恢弘,水声如雷,据说可传十里之外。

卧佛山滑雪场

一条玉带挂山中,左傍枫林右倚松。
劳碌缆车观北水,悠闲禅寺卧东峰。
健儿滑雪轻如燕,队列衔云长若龙。
赛事常逢比高下,千欢万笑闹隆冬。

2002 年 1 月

桦川松花江畔车轱辘泡湿地一游

泽野茫茫哪是边?天端地末尽相连。
水环丛苇栖新鸟,畔绕粼波渡小船。
幺妹采莲蝴蝶舞,阿哥钓鲫野花缠。
夕阳醉入红霞帐,侣燕呢喃不肯眠。

2006 年 6 月 30 日

【注】
野花:这里指那种爬蔓儿开花的野草。

春雪过后游江城

红日中天耀雪城，满怀希冀觅春声。
东园水榭听溪语，北墅枝头赏鸟鸣。
渡口停船思破浪，纸鸢争线欲排风。
一江冰冻忙分解，两岸田畴待绿荣。

2008 年 3 月 29 日

登敖其湾影视楼

惬意登临影视楼，万千景色眼中收。
山间云朵含归雁，水上渔舟起渡头。
沿岸几声歌赫哲，凭阑众客觅风流。
若如李杜来斯处，唱和几多方肯休？

2009 年 3 月 13 日

依 兰

辟地何时说到宋，辽人始建五国城。
改朝囚帝斯留迹，坐井观天史著名。
四水合流鱼米盛，三山共处牧林兴。
神仙去处依兰得，一脉文明耀古风。

戊戌冬月

【注】
改朝囚帝，坐井观天：指依兰的著名历史遗迹。
四水：松花江、牡丹江、倭肯河、巴兰河四水交汇于此。
三山：指依兰地处小兴安岭、完达山脉、张广才岭延伸地带。

重庆钓鱼城

借得三江起要冲，钓鱼山上钓鱼城。
水重山险关方固，兵勇将良谁可攻？
来犯大汗折万马，传奇巴蜀震威名。
欣临胜迹频频叹，耀史雄关盖世风。

丁酉年秋

【注】
三江：钓鱼城有嘉陵江、涪江、渠江三面环绕，俨然兵家雄关，是驰名巴蜀的远古遗迹。
大汗：指当年威震欧亚的蒙古大汗蒙哥，率十万大军来犯南宋，而兵败钓鱼城。

秋日游江

云涌风急浪骤来，水摇船晃舵难推。
紧衫不胜秋寒扰，离雁可期春暖回？

2001 年 10 月

游孟姜女庙

而今谁见倒长城？故事赞扬痴女情。
修史后人论功过，秦皇暴虐铸文明。

1995 年 6 月

游贞节牌坊

巾帼历代有精英，几个赐之贞节名。
未赐玄机与清照，却传千古好诗声。

1995 年 6 月

【注】
玄机与清照：指唐代女诗人鱼玄机和南宋女词人李清照。

黑龙江畔名山游记 三首

隔水遥望俄罗斯

隔江满畔绿阴稠,几点红屋半露头。
异国边关人迹少,隐约哨影立孤楼。

名山岛夕照

落日彤云远树融,半天霞彩半江红。
名山岛上多歌舞,迎面扑来异国风。

乘游览船

蓝天碧水界江游,异国风情望渡头。
招手毛娃呼不懂,翩跹金发女风流。

2002 年 7 月

旅日探望女儿　五首

喜相逢

飞机抵札幌，千岁女儿迎。
热泪通关后，笑颜圆梦中。
铃兰大通艳，道府丁香红。
一路杜鹃唱，似儿呼我声。

岛国印象

心旷海天碧，神怡大气鲜。
清香溢花草，静秀越庭园。
入眼多儒雅，繁街少噪喧。
东瀛纵然美，何似女儿妍？

登大仓山

扶儿登极顶，脚下大仓峰。
楼厦群山外，道城一目中。
东坡红野果。西岭绕苍鹰。
送暖斜阳意，宛如游子情。

游洞爷湖

洞爷租北海,中岛借香炉。
水淼舟行速,山奇鸟语殊。
诱人博物馆,名世火山湖。
父女因何醉,仙居酒一壶。

札幌一瞥

石狩平原上,明珠乃道城。
繁华寓雅静,仪礼载文明。
酒肆无杂语,车船有热情。
花开路人护,鸟落伴孩童。

2008 年 10 月

【注】
博物馆:支笏洞爷国立公园素有火山博物馆之称。洞爷湖近圆形,直径十公里,湖中有大山,称中岛,岛内设森林博物馆等。
道城:指北海道首府札幌市,意同省府、省城。

云南永德

永德凭秀丽，夺目怒江东。
雨好新枝茂，人杰古郡兴。
灵山藏俊虎，忙海羡神功。
百世仙根佑，今朝别有风。

2008年12月19日

【注】

云南永德：指云南省永德县。

灵山：指老别山，其主峰大雪山海拔3500余米。山中有孟加拉虎、懒猴、水鹿、金钱豹等动物。

忙海：水库名，风景秀美。

仙根：自然景观，有"华夏一绝，人类共享"之美称。

金山镇一游

东风移树色，雁字动朝霞。
踱步奇花艳，登山怪石斜。
林岚喜高寿，汤水乐新茶。
皆道江南美，安知塞外华？

甲午之春

【注】

金山镇：伊春市旅游景点。

汤水：指汤旺河，恰好从小镇穿过。

游杏林湖

春色杏林好，花荣湖畔娇。
兰舟荡云朵，廊岸起歌潮。
赏景山头阁，观鱼石拱桥。
东风解人意，一路任逍遥。

2014 年 5 月 20 日

边城市花正开时

春风催杏蕾，一夜吐芳华。
湖畔千枝雪，街头万树纱。
结群争妩媚，未叶见清遐。
当谢东君主，香心入万家。

2015 年 7 月

登长白山天池

胆怯高峰险，心悬峭壁横。
天池忽入眼，百恐一惊平。

2001 年 9 月

题哈尔滨索菲亚大教堂

谁为冰城建，迷人一地标。
何须传教士，数你最招摇。

戊戌夏日

云 游

古寺云闲处，春山花带露。
江流送远帆，杜宇声如诉。

丙申春日

清平乐·丽江游（戏作）

水天辽阔，秀丽凭船阅。幻境山郭浓淡墨，浑是仙风画作。　　吊楼古塔禅寺，民俗风物传奇，方恋靓妞泼水，又充新婿背妻。

2005 年 7 月 6 日

【注】
方恋、又充二句：是指参加少数民族的民俗游戏活动。

清平乐·漓江游

惊山叹水,未酒船头醉。昨夜三更难入睡,神往苍天赐美。　　痴迷九马驰山,流连水府冠岩。足矣满程圣境,美哉一路游仙。

2005 年 7 月 10 日

【注】

漓江像一条青绸绿带,盘绕在万点峰峦之间,奇峰夹岸,碧水萦回,峭壁垂河,青山浮水,风光旖旎,犹如一幅百里画卷,美不胜收,实乃甲天下也。景点多多,其中九马画山、冠岩水府等为著名景点。

虞美人·海南游

飞来看海朝朝恋,一醉椰林岸。问君何处更风光?怎奈只游三亚不思乡。　　老天造海龙王乐,我却襟怀阔。五公祠里羡风流,且将人生灿烂奉神州。

丙申孟夏

虞美人·西安秦兵马俑

帝陵宏大藏兵马,阵势惊天下。精陶细塑展绝伦,看客全球来去总纷纷。　　扫平六国神兵勇,华夏归一统。先皇尸骨早成灰,遗物当前功过论于谁?

1995 年 8 月 5 日

【注】

帝陵:秦始皇陵墓。秦始皇是中国历史上一位杰出的政治家,13 岁即位,22 岁加冕亲政。自公元前 236 年起,15 年中,秦国先后灭掉了韩、赵、魏、楚、燕、齐六个诸侯国,彻底结束了战国群雄割据的历史,建立了中国历史上第一个统一的、多民族、中央集权制的封建王朝——秦王朝。

秦始皇:这位叱咤风云的旷世君主,不仅为后人留下了千秋伟业,还留有这座神秘莫测的皇家陵园。"秦皇扫六合,虎势何雄哉。挥剑决浮云,诸侯尽西来。"

念奴娇·钓鱼城怀古

钓鱼山上，问来历，听醉神仙传说。峭壁托城，奇秀险，惊赏悬空卧佛。足踏三江，峰徊八面，故垒曾如铁。临飞岩洞，又闻奇袭称绝。　　古战场处回眸，护国门傲立，全凭英烈。愈挫弥坚，拼铁骑，守土何思流血。妙策雄关，破凶兵十万，大汗鞭折。千秋奇迹，一章青史留眸。

丁酉秋月

【注】

三江：钓鱼城有嘉陵江、涪江、渠江三面环绕，俨然兵家雄关，是驰名巴蜀的远古遗迹。

奇秀险：钓鱼城景观以奇、幽、秀、险著称。

悬空卧佛、飞檐洞、护国门：均为钓鱼城著名景观。

大汗：指当年威震欧非亚的蒙古大汗蒙哥，率十万大军来犯南宋，而兵败钓鱼城。

千秋奇迹二句：大汗蒙哥兵败钓鱼城。钓鱼城之战，具有改变世界格局的重大意义。1258年，蒙哥大汗挟西征欧亚非40余国的威势，分兵三路伐宋。蒙哥亲率一路军马进犯四川，而兵败钓鱼城。蒙军被迫撤军北还，从而延续了宋朝20年，导致整个欧亚战局得以缓和。而蒙古大军的西征欧洲被欧洲历史学家们认为是上帝派来惩罚欧洲的，因此钓鱼城被称为"上帝折鞭处"。

凤凰台上忆吹箫·杏林湖公园

　　松隐朱亭，柳藏莺语，杏花初绽长堤。任一湖清碧，浪惹云移。水绕弓桥秀阁，临短瀑，撒落珠玑。闻箫管，兰舟荡漾，别墅东篱。　　传奇。玉皇下界，临此造行宫，复制瑶池。恋百花芳艳，蝶醉蜂痴。尤爱观荷登岛，陪钓叟、钩甩桥西。当瞻谒，开元圣君，巨手挥师。

戊戌秋日（用李清照词谱）

与友篇

致梁松

风流才子乃梁松,妙笔生花惠故城。
泼墨挥毫爱书圣,吟诗作赋悦江宁。
赴京辑典鲲鹏气,谋事为民禹舜风。
常聚显达无媚骨,每逢旧友醉刘伶。

丁亥腊月

【注】

吕梁松多年刻苦练习书法,名就三江,他编写的《中小学生钢笔字帖》《钢笔字练习册》等书作惠及三江及外地。他现在北京开办文化公司并担任《中国书法大典》主编。

梁松:双关语,入首句寓意乃栋梁之材。

书圣:指大书法家王羲之,被后人誉为书圣。

江宁:指盛唐著名诗人王昌龄,他曾任江宁丞,因此被称为"诗家夫子王江宁"。

刘伶:西晋人,竹林七贤之一,写《酒德颂》宣扬老子和庄子思想及纵酒放诞生活。

惜别并步韵和梁松诗

酷夏送君皆寡欢,山花早失仲春妍。
还巢旅燕倾心后,别泪沾襟欲雨前。
几望长天云霭厚,尤忧复水海流宽。
昨宵一梦烧征橹,了却离愁乐管弦。

戊戌夏日

附：梁松诗《戊戌春京城送弟返佳木斯》

送弟逢春着意欢，京门雨歇物华妍。
柳梢绿抹初垂后，花萼红粘未放前。
一自知交存谊厚，几回醉意放杯宽。
斜阳岸上催征橹，唯恐离愁怯管弦。

依韵和梁松先生《在京寄魏公》

和诗难再好词从，欲泪这般抬爱兄。
京上朋高谁胜我，命中星贵几齐公。
抒怀万首乾坤阔，纵酒千觞肺腑通。
独树吟旌何猎猎？乃因知己闹皇城。

戊戌秋日

【注】

吕梁松：中华诗词学会常务理事，《中华诗词文库（100卷）》、《中华诗词存稿（80卷）》执行主编。北京俾艺朗乾文化传媒有限公司董事长

附：梁松诗《在京寄魏公》

人生路上伴相从，相契相知等弟兄。
行乐一壶应似我，衔诗两袖莫如公。
故交忆旧情无尽，赓和吟残兴不穷。
今恨古欢多少意，都随幽梦去江东。

依韵和梁松诗《秋感》

不觉三更塞上秋,窗含柳影月如钩。
敲诗总惹邻鸡吵,睡晚常添老蒯忧。
昨日攀山摘云朵,明朝采菊醉篱头。
霜寒岂奈松千岁,叫阵依然跨紫骝。

戊戌仲秋

【注】
老蒯:即老妻(东北及山东方言)。
紫骝:即骏马。

附:梁松诗《秋感》

又是一天澄色秋,静看流水去悠悠。
久忘仕路应无悔,远在他乡别有愁。
岁月虽添新白发,杯觞不减旧风流。
幽燕不识松花美,只为诗书且驻留。

和梁松诗《京中寄诗友》

不拜弥陀不拜仙,行空天马自悠然。
清风常做吟中友,圆月时充醉里钱。
放鹤修心拈玉酒,钓鳌沥胆甩金竿。
苏辛孟陆抒怀处,亦欲同朝唱和欢!

戊戌秋日

附：梁松诗《京中寄诗友》

有时散漫似游仙，鹤态云情任自然。
明月盈庭来即友，清风满榻不须钱。
乾坤大度呼斟酒，烟雨一蓑陪钓竿。
更有诗简存妙处，君吟我和共追欢。

度暑并和祝新

边城七月艳阳高，暑气容人伴柳梢。
日烤熏风虽燥烈，晚来润露却逍遥。
竹席舒爽无愁梦，玉月清凉好度宵。
莫问何方宜避暑，松花江畔彩云飘。

戊戌夏日

附：祝新诗《七月流火》

举头流火热浪高，七月闲翁京外逃。
疾步如飞离酷暑，转身即爽奔逍遥。
凉来暑去家乡好，神往心驰目聚焦。
此后暑期何处去，完达黛岭松江飘。

别雁吟并和三乔先生

晓望长天几雁鸣,悠悠别怨诉寒空。
欲离塞上三秋美,复舍山头万叶红。
寥落愁肠怜汝去,欣然纵目有年丰。
五更入梦春风好,一笑归鸿满颢穹。

戊戌秋日

附：三乔诗《秋吟》

碧空万里悬明镜,几朵浮云伴雁横。
飒飒凉风吹落叶,巍巍群岭镀飞红。
希冀田野欢歌起,喜悦农夫稼穑丰。
盛世家园铺锦绣,神州旭日耀苍穹。

致昌贵君（藏头诗）

昌光入墨写平生,贵造文儒九域鸣。
天赋挥毫驰骏马,才华盖世展豪英。
艺高振翮重霄窄,德厚修身气宇宏。
非是中坚孰扛鼎,凡尘几许可如卿。

戊戌中秋

【注】
昌光：祥瑞之气。
贵造：对对方生辰八字的尊称。

喜得俊敏书法

讨君墨宝壮堂屋，蓬荜生辉乃我图。
爱玉欣逢和氏璧，挥金难获大家书。
风流运笔悠悠意，光彩迎眸字字珠。
悦目赏心余似醉，明朝觅画拜谁无？

致雨华结婚三周年宴

少小读书同课桌，青梅竹马两无隔。
二十年后谈婚嫁，九百天前渡爱河。
连理枝头男才俊，鸳鸯帐里女娇娥。
夫妻共谱和谐曲，一路山花一路歌。

1998 年 6 月 19 日

东方明珠生态农业园

——藏头诗一首赠市政协常委霍文明先生

东来紫气绕山梁，方入霍园蔬果香。
明日高天映花木，珠光彩瓦耀楼堂。
生机展露凭豪气，态势勃发赖智商。
农牧闯出宽阔路，业兴绩显铸辉煌。

乙酉仲夏

藏头赠洪涛

鑫有三金企业活,广开门路产销多。
利赢车载耀宗室,集聚人贤见俊杰。
团体图强求信誉,属员发奋促蓬勃。
洪流浩荡增财富,涛子雄心系祖国。

丁亥年岁末

藏头赠东兴

雪野冰河万里银,松苍柏翠见精神。
书斋日月风流笔,画苑春秋自在身。
才智脱凡堪服众,人生焕彩可超群。
东风一路花千树,兴业鹏程岁岁新。

甲午冬月

赠玉坤先生

盘古开元问到今,几时捐纳几时昏?
可怜青野埋珠宝,遗憾黄沙抵玉金。
败笔应时涂正榜,贤才何日展经纶。
新爷不认青龙马,老子骑牛做道人。

2008 年 2 月 5 日

【注】

捐纳：捐资纳粟换取官职、官衔。此制起于秦汉，称纳粟。清中叶后大盛，称为捐纳。朝廷视为正项收入，明订价格行之，加剧吏治腐败，成为一大弊政。

题绍勇君松花江全程中医药科考行

万里长河草药奇，凭君科考贯东西。
问谁敢续时珍传，沥胆重修本草集。
有志何忧强国粹，无贤岂可振中医。
杏林任你添异彩，塞外悬壶入雅题。

2013 年 6 月 17 日

积玉堂

积玉堂前烛火红，朋来客往业兴隆。
椟中珠玉原无价，店内主宾终有情。
君子作为常比玉，儒商买卖不欺名。
隋珠和璧今何处？道是皇魂佑此厅。

癸巳立春

【注】

君子句出处：孔子曰：玉有十德，君子比德于玉焉。
皇魂：此指秦始皇之魂灵。

赠李自泽贤弟

中原骄子闯关东,事业悠闲靠技能。
办企兴工展才智,捐资纳税树功名。
春秋冬夏随心转,南北东西任尔行。
把酒吟诗见儒雅,潇潇洒洒写人生。

2009 年 4 月 11 日

和刘文军

试问何因百卉妍?东风细雨润诗田。
痴迷格律千篇秀,留恋微群几代贤。
文企相携思管鲍,诗书结伴写山川。
而今喜得贤能助,好驾鲲鹏上九天。

2018 年 12 月

附:刘文军《诗协复兴感怀》

吟苑而今百卉妍,重开新面慰心田。
持屏论调声涛涌,开卷研词意兴酣。
茶企楼中书雅韵,电商园里畅诗缘。
随师携友扬国粹,举帜高歌写大观。

2018 年 12 月

题牛哥

再世昌龄牛太君，地平线下炼诗魂。
弄潮韵里千重浪，化雨胸中一片云。
塞上抒怀融蜡象，毫端成赋恋冰轮。
前朝科考如应试，皇榜状元无旧人。

【注】

昌龄：指唐代边塞诗人王昌龄。

地平线下：指牛哥所在的佳木斯诗词楹联协会地下商业街工作站和天下名壶馆。

为文军摄影题诗

碧水悠悠出远山，山花抢早自争妍。
个中难得和谐美，最是新城入画间。

2014年5月9日

和梁松《书怀》 二首

（一）

龙江骄子闯京关，炼就娲石可补天。
信手诗书常吐凤，集成诗卷更无前。

（二）

诸葛智慧云长胆，潇洒风流紫禁天。
策马五关斩敌将，挥师六轮胜祁山。

2008 年 1 月 28 日

附：梁松诗《书怀》

不畏苦辛何畏艰，丈夫立志在云天，
痴心翰墨情难了，铁臂能担万仞山。

2008 年 1 月 29 日

答友人

手捧和诗杨柳青，家山雁过荡回声。
万金难买千秋句，哪首稍离李杜风？

2008 年 3 月 14 日

题书吟君会友

辽河口岸有高峰，赴宴松江会小龙。
即便两江皆是酒，此番喝尽也堪容。

2003 年 5 月 28 日

【注】

高峰：指营口市某企业总经理高峰。

小龙：指佳市十佳青年、黑龙江省青年星火带头人杨书吟。

读梁松诗

妙语连珠满腹情，行中字外见鲲鹏。
拙厨万饪难招客，才子一言登泰峰。

2008 年 3 月 14 日

致《新荷》创刊

新荷问世壮金秋，芳气袭人绕渡头。
谁道园丁无显赫，此花一隅见风流。

2008 年 3 月 7 日

致文军创办《新荷》

新荷绽放清纯韵，学子耕耘浩瀚心。
无悔春秋倾血汗，可昭日月育花人。

2008 年 3 月 8 日

读祝新《昨日熏风》诗稿

绕篱怜爱青青草，欲醉芳芬簇簇花。
昨日熏风沁心脾，明朝春色闹诗家。

甲午初秋

赞赵老

隶书彰显独家秀，联对清新百味收。
德艺双馨展光彩，一怀正气也风流。

癸巳孟夏

赠蒲杰先生

妙笔殊才羡蒲公，毫端绽蕊秀江东。
杏林湖畔春秋月，圆了书家一派风。

甲午冬月

致原振廷先生

楷行隶篆力求精，甲骨文书冠省城。
翰墨光华靠勤奋，耕耘不辍誉江东。

丁酉夏日

题李英医师

一身妙法回春术,满腹育儿神效方。
菩萨用心皆大爱,杏林无你不风光。

2014 年 2 月

有感庄艳平"卧龙"摄影

历险寻奇摄卧龙,抓图得意上巅峰。
圣山无限惊人处,浑入大师杰作中。

2013 年 11 月 24 日

【注】
庄艳平:佳木斯市摄影家协会主席。
圣山:四川卧龙自然保护区境内的四姑娘山被誉为"东方圣山"。上巅峰句为双关语。

贺周喆民先生八秩寿辰

心似如来亲手塑,寿如仙阙鹤中魁。
究研八秩诗书画,陶冶一腔松竹梅。

己丑夏日

贺贤兄六十寿

披肝沥胆写春秋，鹤寿松龄即报酬。
望重德高无白眼，万千才智数风流。

2013 年 6 月

贺张老七十寿

松龄鹤寿阎罗妒，道骨仙风鬼见愁。
百四遐龄方过半，再逢甲子也风流。

2014 年 6 月 6 日

贺肖利生日

边城三月闹春风，万树杜鹃西岭红。
岁岁生辰天盛意，何须问卦卜人生。

2017 年 3 月

赠宇龙

庆幸相识宇龙君，老叟悠然日月新。
每见热肠茶一盏，胜于官场酒千樽。

丁酉初秋

赴汤原愿海寺访友

结伴访居士，穿山奔庙堂。
西流桥上聚，愿海寺前狂。
携手尝斋饭，赠珠系热肠。
问君何日返，开戒醉千觞。

2006 年 7 月 4 日

【注】
居士：指不出家的佛教信徒。这里指较长时间去寺院帮忙的旧友。
西流：指由东向西流的河流。流作名词用。据说这类风水是佛家建庙的佳境。
赠珠：指赠与念珠手链。

致国军

居官能唤雨，下海可呼云。
岂比寻常辈，犹为义气君。
同僚好结友，解甲更知人。
却怪应邀酒，年年醉我心。

2007 年 12 月

赠牛军

军君乃栋梁,气宇贯三江。
谋业开新境,裁诗入雅堂。
德贤堪比玉,义重自生光。
鹏鸟千秋志,腾飞万里疆。

癸巳立春

【注】
"德贤"句出处:孔子曰:玉有"十德",君子比德于玉焉。

茶城韵味

日前,应约长安茶城,聆听彦明和荣轩二位老师评书、论画、谈茶,共品新茗,如润甘露。因赋诗以记之。

应约悟茶趣,举步上茶城。
淡雅津津润,温馨袅袅萦。
鸿儒论书画,佳丽抚琴筝。
不羡神仙好,惟思再品茗。

甲午仲夏

藏头赠汉勋老师

气度平南岭，才华溢北川。
凡枝凭尔剪，超俗李桃妍。
教数开灵窍，从容改钝顽。
勋贤光熠熠，汉月为君圆。

2009 年 4 月 3 日（反向藏头）

赠邢铁志君

邢君才八斗，铁笔蕴冰魂。
志在千秋业，胸怀万里春。
稳定朝朝咏，平安夜夜吟。
风流一片土，光彩四乡人。

己丑初春

藏头赠兹善先生

兹飞汝非也，善佞不为之。
俊伟南山晓，才高北水知。
贤能逐管鲍，德素比松菊。
胸次思华域，怀橘念布衣。

2009 年 4 月 2 日

【注】

兹飞：亦作"兹非"。春秋楚国剑士。后世借指勇力武士。

善佞：善于阿谀。《史记·佞幸列传》："嫣善骑射，善佞。"

怀橘：《三国志·吴志·陆绩传》："绩年六岁，于九江见袁术。术出橘，绩怀三枚，去，拜辞堕地，术谓曰：'陆郎作宾客而怀橘乎？'绩跪答曰：'欲归遗母。'术大奇之。"后以"怀橘"为思亲、孝亲的典故。

藏头题刘平君

枫红为谁染，一叶塑秋山。
阁雅诗书画，居幽锦瑟弦。
天河流圣水，涯岸靠神船。
猎物皆才智，人格昭玉盘。

丁酉之秋

【注】

书斋名与网名藏头。

涯岸：水边的高岸。

玉盘：月亮的别称。

藏头赠彦明先生

彦哲藏奥雅，明度笔端生。
墨色三春艳，宝光七彩荣。
狂书飞骏马，放醉舞骄龙。
流婉谁相比？美哉堪大风。

己丑春日

【注】
彦哲：贤智之士。唐张彦远《法书要录·后汉赵壹〈非草书〉》。
奥雅：深奥典雅。语出元刘壎《隐居通议·理学三》。
明度：宽宏的度量。语出《晋书·山涛传》。
宝光：神奇的光辉。清刘大櫆《罗西园诗集·序》。
放醉：纵情醉酒。唐白居易《初到洛下闲游》诗："趁伴入朝应老丑，寻春放醉尚粗豪。"

藏头醉笔描师姐

乔府之佳丽，慧姿惊二乔。
民间何与艳，天阙几同娇。
才气堪行雨，诗风敢弄潮。
书文含雅逸，画笔吐妖娆。

2009年6月23日

【注】
二乔：指三国时期的一对姐妹花。

致三乔

塞上起风云，吟旌荡我群。
高人展鸿笔，大手霸词林。
无酒缘何醉，有诗常自晕。
芳芬因尔在，奎壁羡君临。

戊戌秋日

再致三乔

赞赏乔师妹，敲诗震玉钩。
华光照寰宇，意韵壮金秋。
奋翮当头雁，排云跨九州。
吟坛天地阔，任尔展风流。

戊戌秋日

【注】
玉钩：弦月。白居易诗："指点楼南玩新月，玉钩素手两纤纤。"

丁卯春节赠梁松

唱和向知音，红梅又报春。
襟怀开韵略，肝胆耀诗魂。
宏鼎凭君举，欢心任我吟。
流霞藏若宝，待汝上青云。

丁卯春节

致敬王春元兄

贤兄才八斗，东极乃名流。
市府秘书长，江城孺子牛。
德能无白眼，政绩有丰秋。
雅趣裁诗妙，著书吾辈优！

己亥一月初五

赞荣轩先生

李老人沉稳，独惟书画狂。
挥毫莺燕舞，泼墨牡丹香。
妙手传灵气，奎星展慧光。
茶芳书更美，酒暖画非常。
佳作夺青眼，闪光大雅堂。

丁酉仲夏

再致国军

敢上南天外，摘回几片云。
酿成仙液酒，款待众朋宾。

2007 年 12 月

赠平慧

厚谊松江水，相逢任酒狂。
吟诗舌不助，醉语也衷肠。

乙未暮春

致长捷君

生来无媚骨，宁靠五车书。
沉稳担风雨，坦然迎日出。

2008 年 10 月

【注】

五车书：谓书之多。《庄子·天下》："惠施多方，其书五车。"后来以"五车"称人博学。

藏头赠振泉君

振翼上青云,泉流入要津。
诗行逐秀雅,人品溢清芬。

己丑春日

【注】
要津:重要渡口,泛指水陆交通要道。比喻显要的地位。

藏头赠张立新

书户悠然立,画斋春柳新。
装池皆认可,裱背艺高人。

2009 年 8 月 9 日

【注】
书户:犹书屋。唐人《药名联句》:"鼯鼠啼书户,蜗牛上研台。"
装池、裱背:古代装裱的专称叫做"裱背",亦称"装池"。
(藏头隐尾:书画装裱,立新可人。)

浣溪沙

日前，挚友梁松自北京发来《浣溪沙》四首词念念旧情，令人感动，步韵和词三首，以示同心。

（一）

萧瑟霜秋不觉寒，锦章字字暖心间。遣词和韵夜无眠。　　万丈高楼成就易，一生挚友得来难。重藏老酒盼君还。

（二）

枯叶残枝满目秋，谁悉霜鬓几多愁。寒江照旧向东流。　　旧雨还乡思入梦，新词寄语盼归舟。凭栏空眺水悠悠。

（三）

把酒相别又一秋，秋风肆意惹人愁。愁丝常伴水东流。　　流浪几时逢远客？客君何日驾轻舟？舟归惊梦醉悠悠。

附：吕梁松《浣溪沙》 四首

浣溪沙·思君

叶落梧桐日渐寒，家山北望隔云烟。天涯梦远不成眠。　　秋雨浸花浓淡改，紫毫行字浅深难。恨无鸿雁寄诗笺。

浣溪沙·秋感

（一）

霜降京门近晚秋，寂寥天气客生愁。无情岁月逝如流。　　征雁一声惊旅梦，还家几度误归舟。乡思无限恨悠悠。

（二）

独自徘徊怅暮秋，清笳一曲动乡愁。残花枯叶逐波流。　　酒入悲肠催醉客，魂牵幽梦入扁舟，乾坤云水共悠悠。

(三)

隐隐西风索寞秋,秋声萧瑟自多愁。愁来分付大江流。　　流水落花浑似梦,梦帆扬起顺风舟。舟摇日月去悠悠。

清平乐·展风流

写给佳木斯森警支队周支队长并史政委。

精英无悔,心血交军队。森警生涯书塞北,赢得一方钦佩。　　群山拓展襟怀,苍松激励成材。民众予之力量,祖国造就英才。

2004年2月18日

清平乐·赠友人

韶华从教,成就花枝俏。文化搭台新面貌,风采由来光耀。　　寻常西子温文,当关穆帅挥军。心若比干灵窍,一怀春晓甘霖。

2008年3月30日

【注】
比干:殷朝的政治家,号称"天下第一仁"。小说《封神榜》描述,比干有一颗"七窍玲珑心"。

踏莎行·读陈列诗词集《乡间岁月》

成就乡间，抒怀岁月，一行一字真情切。才如溪水笔端流，德同清瀑书中澈。　　品味甘甜，分享忧悦，贪读不觉阑珊夜。梦中李杜赞新诗，醒时犹握诗书页。

2005 年 6 月

画堂春·赏德才张老墨宝有感

挥毫别有一重天，端庄秀雅浑圆。书家笔下涌清泉，滋味甘甜。　　冰冻已然三尺，却非一日之寒。少时功底老来妍，不负当年。

2009 年 6 月 22 日

醉太平·赏彦明先生草书

书家纵情，挥毫泻洪。浪涛浑在胸中，任飞蛇跃龙。　　方圆有凭，融今古风。笔端不谢华英，誉三江杏城。

2009 年 6 月 17 日

醉太平

有幸结识彦明、王晨、开昶三位兄长,日前共饮,填词以寄怀。

开怀敬君,松窗绿荫。幸哉求得知音,恰东来紫云。　其才耀身,其德照人。近朱赤我诗魂,赋霜丝壮心。

2009 年 6 月 17 日

沁园春·积玉堂（戏作赠牛军堂主）

触目惊异,古董奇珍,另有洞天。辨秦皇宝玺,杨妃酒盏,佛陀手串,王母头簪。骚客如痴,藏家似醉,盘算倾囊得祖传。求真伪,有虔诚居士,断不欺瞒。　何缘这等非凡?解其惑、茶余娓娓谈。道搜罗西域,采集泰缅,觅寻昆岳,求索荆蓝。和璧隋珠,神工鬼斧,万幸求来莫问难。惟酷好,任青丝挂雪,子夜凭栏。

癸巳春日

【注】

昆岳：即昆仑山。

荆蓝：荆山、蓝田山的并称。

和璧隋珠：和氏璧和隋侯珠的并称,在中国历史上,为天下两大奇宝。

沁园春

　　日前，应藏石家董春利之邀，有幸参观了他亲手创办的奇石馆，大饱眼福，洞开视野，同时全面了解了他收藏天下奇石的不凡阅历。感佩至极，填词以记之。

　　满馆琳琅，一览惊奇，兴致异常。叹神姿仙态，轮番夺目，妖颜魔色，次第生光。饱赏陶情，清心益寿，醉比松龄笑夕阳。观斯石，论奇清秀雅，千古评章。　　收藏何必痴狂，孰堪解藏家鬓早霜。历千山寻觅，魂萦和璞，九州求索，梦拜娲皇。石贵奇形，人鸣奇志，文化搭台现栋梁。石之展，令边城添彩，藏者垂芳。

2011 年 3 月 26 日

【注】
琳琅：原指美玉，这里借指奇石。
奇清秀雅：古人云：山无石不奇，水无石不清，园无石不秀，室无石不雅。
和璞：和氏璧的别称。这里借指稀有的天然奇石。
娲皇：语出《红楼梦》，系指女娲氏。其补天遗留之石刻有《石头记》。

行香子·读王乃勇书法

大岳奇峰，峭壁苍松。论唯美、西子形容。毫端画意，笔底诗情。令名人赞，骚人敬，友人荣。　　书家造诣，文曲当空。挥毫若、唤雨呼风。勤耕不辍，探索无穷。纳天之魂，山之魄，水之灵。

癸巳金秋

行香子·客寄杭州话蒲杰

月印三潭，灯染楼船。亲朋宴，客寄心欢。琴幽意远，蟹美鱼鲜。喜酒风暖，茶风雅，蓼风闲。　　方迷洞府。又醉桃源。享天竺、西子争妍。挥毫赠友，弄墨游仙。写情如蜜，福如海，寿如山。

丙申夏日

忆江南·戏作"烟斗令"送蒲杰

难舍也，日日总勾魂。舌吻唇衔常得意，朝陪夕伴自随心。多少读书人。　　知害矣，劝戒笑相闻。笑里吞云聊日月，聊中吐雾笑乾坤。一笑寿无垠。

丙申夏日

西江月·裁诗

和春元君《学诗送祝新》

笔底襟怀舒放,行间韵味清甜。三江水暖起云帆,吐凤还存何憾? 回首峥嵘岁月,为民常效春蚕。松魂竹魄入诗签,写尽一腔肝胆。

甲午初秋

【注】
吐凤:典故,喻诗文才思之富。

附:王春元先生词《西江月·学诗送祝新》

休怵格格律律,何言平仄艰难。窗棂捅破见蓝天,信笔直抒心愿。 虽已龄超花甲,思维强过华年。豪情热血一浑然,便有佳篇无限。

定风波·把酒会梁松

未觉严寒塞北冬,一怀温暖会高朋。放纵别情倾瑞露,无度,杯翻舌硬夜融融。 莫让雄鸡催我睡,没醉!依然豪放少时风。谈笑宽怀人不老,约好,明朝更尽万千盅。

丁酉初冬

临江仙·贺何昌贵书法艺术馆揭牌

塞上菊花争艳美，夺眸更有华姿。满堂墨宝胜珠玑。骚人惊妙笔，墨客赞羲之。　　书尽青丝书白发，挥毫自换鹅兮。一方奎宿耀京师。不骄光熠熠，握管更孜孜。

甲午仲秋

【注】

换鹅：典出《晋书·王羲之传》。借喻书法作品高妙。唐李白《送贺宾客归越》："山阴道士如相见，应写《黄庭》换白鹅。"

奎宿：星宿名。这里借喻书法家何昌贵先生。

行香子·题泊远工作室

妙对盈门，魁阁藏珍。赏书画，幅幅惊群。大家手笔，赤县龙鳞。共琴声幽，漏声静，吟声欣。　　弘扬国粹，驰骋风云。苦修为，德艺流芬。诗书岁月，翰墨乾坤。任一窗星，一腔血，一生魂。

2018 国庆节

【注】

魁阁：尤高阁；同魁星阁，魁星是主宰文运之神。

龙鳞：龙的鳞甲。

漏声：古代计时器滴水的声音，这里借指钟摆之声。

行香子·步韵和朱红赤先生《冬至感怀》

水冻休号，风烈鸣条。雪花舞，乱上眉梢。寒侵付笑，酒逐萧慘。话补斯天，煮斯海，钓斯鳌。　　基业堪牢，无以心焦。管他何，白发凋骚。从来厌鬼，岂可怜妖。任云翻滚，雷狂妄，雨喧嚣。

戊戌冬至

【注】

鸣条：化用晋·陆机"鸣条随风吟"句。

补斯天，煮斯海，钓斯鳌：指《女娲补天》《张羽煮海》和《龙伯钓鳌》。

附：朱红赤词《行香子·冬至感怀》

雪舞风号，四野萧条。鸟啼寒，怯踏林梢。恼人天气，谁解情慘。恰小围炉，左把酒，右持螯。　　且脱愁牢，洗尽忧焦。阅流年，何逊风骚。而今老迈，不死为妖。奈一时昏，一时醒，一时嚣。

石州慢·仲秋夜话并和蒙吉良老师

塞上中秋，东极放歌，同唱新月。冰蟾含笑中天，舜日共欢佳节。喜看北国，万里稻浪翻金，浮寒怎奈人心热。把酒问嫦娥，可思乡情切？　欢惬，一从开放，四十经年，万千逾越。壮举频频，总令环球称绝。探天寻海，亘古神话成真，创新历史吟豪杰。盼一统中华，梦圆千秋悦！

戊戌中秋（用贺铸词谱并韵）

附：蒙吉良老师词《石州慢·戊戌中秋两岸情》

露结霜凝，山放五花，尤爱枫叶。千山吐艳开怀，万壑引人心惬。景观奇特，雁语飘过晴空，世间独有清秋节。韵里几多情，令诗家关切。　风月，本来无限，自在无边，古今奇绝。海峡相思，两岸何时民协。厦门鼓浪，仰慕巨像成功，呼天唤地除妖孽。不可久分离，举杯伤离别。

行香子·步韵和蒙老师《与时联想》

跨越江河，逐浪推波。攀山岭，脚踏巍峨。征途有砍，心路无坡。赖书常读，身常省，志常磨。　　今年冬好，奎壁风和。靠军民，竭力张罗。高台成就，大戏婆娑。赋梨花开，腊梅笑，雾霾挪。

写于2018年12月21日

【注】
军民：指诗协两位新任副主席刘文军和乔惠民。

附：蒙吉良词《行香子·与时联想》

脚踏冰河，心想翻波。雪原上，玉塑嵯峨。牛羊放牧，布满山坡。任水能冻，道能拓，树能挪。　　千重银海，一派祥和。这台戏，谁在张罗。迎新辞旧，笔墨婆娑。看诗须咏，画须写，印须磨。

2018年12月20日

同窗篇

致宗林

松花江畔善击水，威海之滨敢弄潮。
一技荣身书壮美，七旬耀眼写娇娆。
当年设计开新奖，今岁参谋做老妖。
舍我其谁兴未艾，欣然慨叹夕阳高。

戊戌夏日

【注】
老妖：比喻一身绝技乃"妖精"也。当年之新妖，当下之老妖。

致学友杰男

斤斤计较不沾边，大大咧咧见海涵。
弥勒开怀天下窄，愚公辟路腹中宽。
寻常一笑无城府，关键三声有宇寰。
喜得平生一知己，春风缕缕绕心田。

戊戌夏日

致长海

牡丹江水育超人，学子莘莘孰比伦。
四载同窗情切切，一生共享柳欣欣。
文章锦绣堪羞月，仕路光明好驾云。
奋斗生平鹏展翅，悠悠华彩照乾坤。

戊戌夏日

题淑华

校园春色红玫瑰，工厂师尊白玉兰。
靓丽年华求奉献，有为时刻紧登攀。
文章自得生花笔，德艺双馨见洞天。
霜鬓建群联学友，全班重聚论功先。

戊戌夏日

题智仁

无愧刘郎唤智仁，几番来往见知心。
谦和自有登云路，谨慎常无绊脚根。
仰慕桦林多柱栋，青睐牡市聚贤人。
一身贵气书中得，总伴东风一路春。

戊戌夏日

致刘君顺义

华年吃苦数君多,莫道不公难洗磨。
干校三秋熬恶梦,山沟四季断荤锅。
拼搏终有出头日,腾达自来开道锣。
满腹诗行人惬意。松龄鹤寿属刘爷。

戊戌夏日

题安邦

武器随身不是兵,挺直腰杆现威风。
倾心从警春秋好,励志为民日月荣。
洒洒潇潇人不老,零零落落忆无穷。
视频制作开天地,老景发烧新景明。

戊戌秋日

【注】
不是兵,双关语:是警察不是兵;是官不是兵。
老景:安邦同学的网名。

致晓琴

平生智慧铸师魂,身教言传孔子心。
奉献春秋思后代,辛劳岁月育新人。
熬花双眼从无悔,历尽三更志亦纯。
桃李芬芳天下艳,德高望重自超群。

戊戌秋日

致玉成

当年日日怨饥肠,咸菜窝头比肉香。
纵有艰辛人励志,从无惧苦泪沾裳。
万千朝暮风和雨,一代黄牛热与光。
老大不曾思待遇,只求福寿共天长。

戊戌秋日

致安红

曾记梨花春带雨,想来天赐颜如玉。
命中海阔水盈盈,运里网长鱼济济。
顺旅扶风扫暮云,黄花润露添朝气。
皇都老凤乐春秋,教子成龙人得意。

戊戌秋日

欢　聚

安邦同学归故里,晓琴同学与夫婿乔君借机邀请佳市诸同学及另一半共聚一堂,把酒言欢,好不热闹。

是日做东夸晓琴,席间陪酒谢乔君。
同窗聚会话题老,陈酿开怀气象新。
宴陆接风情切切,谈天说地语彬彬。
心宽体健南山寿,夫唱妇随爱在心。

戊戌秋日

自白并步和增文学友

少小村居土布衫，春花秋草任平凡。
华年希冀书为友，老大深谙德乃贤。
热切敲诗达胸意，淡泊明志寄情缘。
感君抬爱寓心底，唱和弟兄唇齿连。

戊戌秋日

附：增文诗《赞律民》

虽是官身布衣衫，与人迥异美不凡。
举止从容会挚友，笑容可掬待后贤。
风度谦谨无傲意，格调淡雅得人缘。
超凡脱俗知情理，与君相处畅留连。

步韵和殿魁《贺佳市同学会》 三首（求句尾八字皆同）

（一）

斗鬼奎章盖杏城，歪诗劣赋杳无踪。
迎君把酒春风满，笑口咏怀情意浓。
同宴夫妇频入景，畅谈友谊总倾衷。
莫嫌我处碰杯响，学友高歌夕阳红。

（二）

东风荡漾北疆城，喜望晓天归雁踪。
万树杏花情满满，一泓春水意浓浓。
方迷湖畔游船景，又恋酒楼迎客盅。
遣韵吟怀琴瑟响，引来夕照满江红。

（三）

魁君大作震吾城，骚客狐疑李杜踪。
醉里和诗骄纵满，醒来对镜愧羞浓。
忘形乃我瞎装景，得意由他频举盅。
把酒同窗任音响，杜鹃花绽满山红。

戊戌秋日

【注】
斗鬼：殷魁同学网名。

附：殷魁诗《贺佳市同学会》

大江东去聚东城，二李西归栾失踪。
晓琴举杯酒更满，律民吟诗情最浓。
孙林返乡迎老景，潘郑缺宴寻旧盅。
喜闻群胜陈雷响，大山秋高杜鹃红。

和殿魁《再贺佳市同学会》

凭山一览水流东，唱和骚人塞上行。
云卷云舒常得意，花开花落亦倾情。
洁身素养应无恙，紫气东来自有踪。
放眼滔滔嫩江处，魁君赫赫大汗风。

戊戌秋日

【注】
大汗：借指成吉思汗。

附：殿魁诗《再贺佳市同学聚会》

松江之滨兴安东，栾主返乡陆回行。
晓琴出手夫有意，忠阁举杯妻多情。
孝在云飞郑有恙，惠走李去人无踪。
试看西园魏吟处，觥筹交错唱大风！

一 梦

犹忆红尘若许年，几多往事属幽兰。
芳芬常惹情思切，优雅频催仰慕添。
朝拜东风吹叶嫩，暮求细雨润花妍。
悠悠一梦终生梦，梦到霜丝梦亦甜。

戊戌仲秋

任酒多（戏作）

我欲称王任酒多，倾资缔造酒之河。
曲香烈烈惊仙梦，酒浪滔滔宠酗魔。
喝晓喝昏喝日月，醉天醉地醉阎罗。
阎罗醉倒何须醒，谁死谁生我琢磨。

戊戌仲秋

理霜丝

常记赏歌陶醉时，百听不厌每听痴。
同窗苦乐欣相守，隔海春秋恨别离。
回首旧年无虎胆，凝眸新月满霜丝。
人生几许非如愿，但怪周公卜未知。

戊戌秋日

赞在森（藏头诗）

赞言句句道心声，梁栋岿然展大风。
在野潜龙堪济世，森君策马任西东。

戊戌秋日

【注】
在野潜龙：即潜龙在野，语出《周易》。

题滨珠照

纪念碑前倩影留，百般风韵惹君求。
当年慨叹伶仃运，无可奈何风雨秋。

戊戌秋日

致殿魁

羡慕当年李殿魁，大江横渡任来回。
风狂雨骤方击水，浪里青龙又有谁？

戊戌秋日

题宪普

从来天马自行空，曾唤雨来曾唤风。
解甲归田无帅印，弄潮仍是一条龙。

戊戌秋日

题占林

当年苦练飞天术，来去悠然可驾云。
五岳任凭谁霸主，家山必属技高人。

戊戌秋日

题孝先

从来利落带风行,若上南天可摘星。
孝在先时德如玉,霜丝依旧展雍容。

戊戌秋日

题忠阁

智慧聪明乃老孙,荣升厂长展经纶。
乐于奉献无索取,到老终究厚道人。

戊戌秋日

题李君顺义 三首

(一)

道是当年美发型,闲来信手好琴声。
宽怀自得无幽怨,把酒安然日月明。

(二)

自斟自饮对冰壶,入腹三盅乐自如。
吃点小亏常作傻,每逢大事不糊涂。

（三）

一樽老酒手中捏，不信神仙不信佛。
喝醉星辰方去睡，梦中犯倔骂阎罗。

戊戌秋日

题玉斌

高高酷酷侃侃谈，大气为人尤不凡。
坎坷过后风雨顺，老骥新途乐自然。

戊戌秋日

题云涛

有志依兰做油嘴，英髦决胜南和北。
献身国企拓乾坤，几许德才泣神鬼。

戊戌秋日

赠喜同

老老实实做事，实实在在为人。
平生以实为本，自有寿星在身。

戊戌秋日

致增文

洒脱乃天性，灵窍比干同。
学富五车耀，才高八斗荣。
敲诗耀奎壁，卜筮见周公。
看淡名和利，逍遥亦大风。

戊戌秋日

【注】

灵窍：这里指聪慧之心。

比干：殷商王朝的丞相，典故：传说比干有"七窍玲珑心"，因此聪明无比。奎壁：典故，喻文苑。卜筮：预测。

题桂梅

不会出风头，安知巧言语。
从来重感情，谈话求和气。
处事可服人，躬身能挡雨。
凌寒一腊梅，含笑雪中立。

戊戌秋日

忆同窗

一别五十载，悄然霜染头。
回眸情切切，离绪月悠悠。
寄语群中热，心声笔下流。
墨残吟未了，漏尽兴难收。

戊戌秋日

【注】
漏：这里指古代计时器，语"漏尽更深"。

浣溪沙·致春林学友

仰慕行为大丈夫，青睐学问乃鸿儒，补天煮海叹才殊。　　鹏志春秋承显赫，宽怀天地笑沉浮，丹心一片胜隋珠。

【注】
牛春林曾任大型国企富拉尔基发电总厂副总（正处级）至退休。
补天煮海：指女娲补天和张羽煮海。
隋珠：即隋侯珠，稀世珍宝。

浣溪沙·致顺义李君

智慧虽多运未交，更因佣命厌官僚，抚琴把酒任逍遥。　　风顺三程旗猎猎，天寒一季雪飘飘。几多忧乐惹眉梢？

戊戌秋日

小桃红·致学友灵敏

当年倩影柳依依，袅袅婷婷立。偶露深藏小才气，好怜惜。　　青眸怎奈平心绪。新荷出水，蜻蜓来去，孰见染污泥？

戊戌秋日

【注】
小桃红：元曲曲牌。

清平乐·宪普放歌

东方欲晓，潇洒歌声早。音韵昂扬人不老，群里纷纷叫好！　　五十年后重逢，同窗卧虎藏龙。把酒群心激荡，一怀离绪别情。

戊戌秋日

【注】
东方欲晓：双关语，也指放歌人的网名。

天净沙·赠垂钓叟华光

白云碧水蓝天，闲人钓饵鱼竿，水库湖堤江畔。恋晨贪晚，趣无穷寿无边。

戊戌秋日

【注】
用马致远曲调。

望江东·中秋佳节念同窗（用黄庭坚词谱并韵）

四载同行半程雾，孰看准、前方路。强分左右为何故？可与否、同船渡。　　今生大聚来生赴？古稀叟、闲猜度。衷肠月下向谁诉？雁去也、秋将暮。

戊戌中秋节

浣溪沙·题宝林学友

赛场书生骏马驰，回眸事业亦如诗。春华过后即秋实。　　立马横刀人不老，闻鸡练剑福寿齐。闲来采菊醉东篱。

戊戌秋日

石州慢·同窗

　　四载同窗，省城攻读，别离乡月。齐家报国情长，俭腹求知心切。偷光废寝，哪顾瘦骨憔容，只知玉镜常圆缺。苦旅为寻梅，任霜寒风冽。　　分别，东西南北，五十经年，几多更迭。把酒今朝，共享重逢愉悦。问答彼此，互谈一路舟车，春风秋雨凉和热。纵墨写余生，助尧天欢惬！

戊戌秋日

【注】
用龙榆生词谱。

亲眷篇

母 亲

老娘八十余，从不懂政治。
生就好心肠，不善巧言语。
处事认吃亏，待人讲和气。
持家勤劳作，节俭操心里。
起早鸡鸣时，终朝不歇息。
苦辛无抱怨，历年如一日。
慈爱献子孙，懿德传后世。

2002 年 3 月

仲 秋

仰望窗前月色新，同堂四世乐天伦。
八旬慈母聊高寿，六岁骄孙侃野心。
笑口宽怀羡弥勒，吟诗把酒抖精神。
做人常悟知足好，常悟知足好做人。

辛巳仲秋

无 题

酷暑驱车下北田，方才举步汗湿衫。
千锄百垄炎炎日，一幕双亲碌碌年。
入市倾囊买风扇，归家嘱母避伏天。
老娘节俭成习惯，随口嗔儿浪费钱。

1988 年 7 月

题舍弟

舍弟当年一帅哥，乡间从教未蹉跎。
春蚕丝絮织华锦，蜡炬辉光度响锣。
公务员时重击鼓，绘新图处再开河。
心胸宽窄格局在，苦乐仕途堪寄托。

戊戌秋日

贺佳媛赴上海读研究生

黄浦松花水有情，踏歌两畔待书生。
昨天北水学鱼跃，今日南江效凤腾。
树靠根深结硕果，鸟凭翩健驾东风。
辛勤付诸书山路，唯有耕耘一派荣。

2005 年 10 月

【注】
黄浦松花：指流经上海的黄浦江和流经哈尔滨的松花江。

送翔晖

无限乾坤任鸟翔,一从展翅向朝阳。
仲门德厚出骄子,同济名高育栋梁。
骏骥奋蹄思广阔,英髦励志铸辉煌。
风华正茂前程好,自有功名耀故乡。

戊子正月初五

新春最是今年好

世界名城岂等闲,晖瑶敢闯见非凡。
仲门如意儿媳慧,孙府遂心女婿贤。
晚辈同栽连理树,亲家共贺结良缘。
新春最是今年好,更盼明年喜事传。

戊子正月初五

【注】
世界名城:指上海市。
晖瑶:指仲翔晖和孙慧瑶。

送铭一

斗胆男孩敢上房,原来淘气小姑娘。
眼前高校婷婷女,时下才华熠熠光。
都道江南水莲美,岂知塞北雪梅芳。
兴安岭上松高立,何问哪棵非栋梁?

戊子元日

【注】
斗胆、原来二句:是回忆描写姑娘儿时的情形和故事。

即兴敲诗赞裕音

丽质可从天上挑,婷婷袅袅比仙娇。
书山苦旅攀峰顶,学识长存胜玉瑶。
择业传媒耀宗祖,视频亮相步金桥。
熟人历历皆青眼,喜甚双亲醉欲飘。

丁酉金秋

话甥女春伟

经营小店赖奔波,光景自知强几多。
每每收益凭技术,常常服饰远绫罗。
友朋谋业牵头雁,兄妹相帮做楷模。
勤奋好学人自立,阳春一路柳婆娑。

戊戌春日

爱孙六岁上小学

爱孙六岁上学堂,玩耍时空去梦乡。
作业埋头愁写尽,催餐入腹恨匆忙。
追寻各类专长课,分享几多明月光。
可叹童年欢快少,身心重负与谁商?

2000年8月

二妹十六当劳模

二妹辍学学大寨，运肥策马山村外。
少年敢做县劳模，十六傲扎红锦带。
队里工分倒找钱，家中账册频添债。
正吾学校读艰辛，造反潮流闹澎湃。
汇款三元妹寄来，倾囊苦攒亲情在。
才将感激刻心中，答谢忙批保守派。

1978 年 11 月

【注】
　　因家庭生活困难，胞妹15岁辍学，在村里参加劳动，冬春赶马车运粪肥，16岁成为全县的劳动模范。但是她和父亲二人全年工资不够全家口粮款和还陈欠债务。平常基本没有零花钱。那年妹妹苦攒2元钱（诗中写"三"是随平仄要求）寄给我做学费，令我感激今生。

念欣儿

送我棉服款式新，每临冬季总着身。
拈衣常忆欣儿好，仔细穿来暖在心。

乙未中秋

女儿赴日留学归来　三首

雪夜待女归

大雪纷纷漫夜空，女儿归国旅途中。
五更犹怨时钟懒，游子寒衣可御风？

喜迎女儿留学归来

阳光沐浴小楼台，书案兰花始盛开。
鸟唱枝头传喜讯，女儿笑语入门来。

忘却隆冬写春风

骤然寒舍暖融融，爱女归来酒兴浓。
忘却隆冬窗外雪，欢心醉笔写春风。

2002 年 1 月 26 日

四世乐同堂

唤儿忙泡碧螺春，老伴慌称稀客临。
慈母携孙望窗下，棋迷此刻正敲门。

2003 年 5 月 5 日

为淼淼摄影配诗　四首

（一）

无赖东风美自然，阳光万缕恋春山。
翩翩起舞谁家女，满树芳花亦汗颜。

（二）

谷雨登山赏百花，杜鹃绽放满坡霞。
踏春幺妹眉梢舞，一抹霞光挂脸颊。

（三）

塞上杜鹃非等闲，芳菲万朵共婵娟。
想摘一朵头上戴，不忍伤心大自然。

（四）

万树丛中何欲求，蜂飞舞蝶绕枝头。
满面春风春更美，问君孰可比风流。

2016 年 5 月

三 妹

吾家谁丽质,三妹自婀娜。
贤惠纠纷少,聪明顺畅多。
慈肠忧子弟,善举断风波。
大度丢闲气,宽容拓窄河。
平生重情意,晚景柳婆娑。

戊戌夏日

题赵吉富

人称奥巴马,立地闪光环。
谋业才无比,兴家道不凡。
用心接地气,致富有天缘。
赵府凭贤嗣,光宗五百年。

戊戌夏日

题安娜

命里吉星照,顺遂添丽颜。
依山堪摘果,靠水好扬帆。
避暑凭关外,驱冬任海南。
平生多福祉,美景自相连。

2017 年 8 月

女儿的回音

女儿隔远洋，佳节必思乡。
电话初相问，回音带泪光。

戊子元日

清平乐·贺慈母寿

八十七寿，慈母生辰酒。子女膝前同拜叩，但愿年年仍旧。　　勤劳易得康身，寿高贵在宽心；淡看浮生利禄，亲情胜过黄金。

2008 年 4 月 27 日

清平乐·乐新春

佳肴美酒，新岁方迎就。莫让骄孙空叩首，忙把报酬付透。　　同堂四世迎春，良宵尽乐天伦。笑问玉皇陛下，敢乎比我宽心？

2004 年 2 月

菩萨蛮·秋怨

高天雁去夕阳远，秋江水瘦渔歌淡。暮树对浊空，晚菊摇乱风。　　雁离春复见，水逝云陪返。思女海相隔，念儿空盼多。

2007 年 10 月

【注】

水逝云陪返：流逝的（江）水能够化成白云飘回来。思女海相隔，念儿空盼多：思念女儿，其从业在海外，思念儿子，其工作繁忙很少回来。

唐多令

女儿赴日本留学并就业。时逢中秋节，天气渐凉，大雁南飞；挂念女儿，思绪难收。

独女赴瀛洲，遥隔大海流。剩一间、孤寂书楼。佳节自酌嫌酒苦，翻相册，理白头。　　庭草似悲秋，天涯暖可留？怨闲云、怎不知愁？望断雁行犹在望，山渺渺，水悠悠。

2005 年中秋节

【注】

瀛洲：传说中的仙山，在大海中。李白"海客谈瀛洲，烟涛微茫信难求"。借指日本；原本东瀛指日本。书楼：指女儿在家时学习居住的房间。

燕归梁·父母心

天下难为父母心,望子早成人。感怀孟母几择邻;断机杼,教躬亲。　　园丁育树,朝夕呵护,唯恐惹风云。遮寒避暑更劳神;枝叶好,甚欢欣。

2005 年 6 月

人月圆·隔海盼孙

流连戏小孙无赖,半是梦中生。咿呀学语,娇声悦耳,喜泪盈盈。　　童诗儿画,血缘心意,网页飞鸿。深更望月,残冬盼雁,何日东风?

2000 年 3 月 23 日

【注】

无赖:可爱;可喜。语出辛弃疾《清平乐·村居》:"茅檐低小,溪上青青草。醉里吴音相媚好,白发谁家翁媪。大儿锄豆溪东,中儿正织鸡笼。最喜小儿无赖,溪头卧剥莲蓬。"

飞鸿:即书信,这里指邮件。

采桑子·忙年

　　桃符欲换无闲日。岁岁忙年，今又忙年。瑞雪红梅入管弦。　　同堂四世情如蜜。舔犊欢颜，怀橘欢颜。其乐融融尧舜天。

戊戌腊月

【注】
　　怀橘：《三国志·吴志·陆绩传》："绩年六岁，于九江见袁术。术出橘，绩怀三枚，去，拜辞堕地，术谓曰：'陆郎作宾客而怀橘乎？'绩跪答曰：'欲归遗母。'术大奇之。"后以"怀橘"为思亲、孝亲的典故。

月华清·元宵节

　　皓月中天，花灯遮眼，举街歌舞笙管。涌动人潮，似激浪江河满。喜观赏，火树冰雕；笑展望，烟花江畔。且慢！待翁姑尽兴，孙儿如愿。　　常记当年段。正纵目观灯，那人初现。怎敢凝眸，偷视也曾红面。足今日、细品元宵，好味道、更知眷恋。看惯，我胸中世界，月明星灿！

己亥元夕

拾零篇

新舟与旧舸（诗韵谈）

韵为舟舸载诗魂，旧舸新舟泊要津。
驾舸随心常恋旧，放舟如意惯求新。
你聊旧舸惊天地，他论新舟泣鬼神。
倘若皆为弘国粹，和谐共处满园春。

写于 2012 年

【注】
旧舸：喻指旧韵，包括《平水韵》和《词林正韵》。
新舟：喻指《中华新韵》。为中华诗词学会所倡导。

张紫琪董月新婚志喜

紫气洋洋兆大鹏，琪光熠熠显英风。
董家聪慧贤淑女，月色温柔富贵容。
夫乃邢台艺之匠，妻堪宁晋舞之星。
好情好意结连理，合手合心世代隆。

新婚之日戊戌冬月廿一

题小女孩润润

润润女孩真可人，方更乳齿大人心。
常施幼弟柔柔爱，每喂其餐历历亲。
满腹热肠知孝道，阖家惬意乐天伦。
任凭绕膝春秋好，姥姥方夸泪一襟。

戊戌仲秋

谬谈律韵

李白名扬将进酒，毛公力作颂红军。
风流自有铿锵句，韵律惟遵死脑筋。

2014年6月6日

【注】
　　李白的千古名篇《将进酒》情感发挥到极至，尽显狂放不羁。恐怕与其不受韵规限制有关。古风体旷古风流也。毛泽东的惊天力作《七律·长征》并未遵循《平水韵》。谁想到此诗竟完全符合后来的也就是今天的《中华新韵》呢！伟哉圣人。

无　题

时装款款秀皮囊，斑竹几时充豫章。
烧造青花谁左右，白瓷岂可上厅堂。

2014 年 6 月

【注】
豫章：古书上记载的一种树名。比喻栋梁之材。
白瓷：白色的瓷，与白痴、白吃近谐音。

无　题

常常立志无长志，可叹华年少壮心。
浊酒一杯空对月，满腔希冀化浮云。

2014 年 8 月

无　题

借得良宵明月朗，池边柳影冒诗行。
鸣蛙若不通音韵，何上莲蓬吵短长。

2011 年 11 月

寒露逢雨随想

一次春霖一次暖，一回秋雨一回寒。
同为降水非同果，任暖任寒凭老天。

2014 年 10 月 15 日

寻　春（配画诗）

边城春晚始东风，农舍桑田似冷清。
百里寻春何处是，杜鹃绽放满山红。

2016 年 5 月为大山摄影配诗

还乡速写　二十一首

（一）归乡摄影

为摄新村返故乡，夕阳摄罢待朝阳。
席间陈酿窗前菊，难辨花香与酒香。

（二）乡　情

乡亲好酒不思藏，迎我登门共举觞。
聊尽三更人半醉，鼾从方寝胜雷狂。

（三）故乡探亲

表嫂堂兄煮酒迎，寒暄堆笑道年轻。
皆知彼此龙钟态，共把欢心话后生。

（四）丰　收

机械欢歌稻海中，丰收胜酒醉乡农。
万家谷物仓仓满，百姓生活岁岁兴。

（五）秋　意

白露应时会美秋，层林五色竞风流。
阿芳只恋江边景，大柱高歌浪里舟。

（六）赫哲光景

草篱茅舍无踪迹，别墅依山紫气盈。
水上舞台歌富庶，村翁狂放醉刘伶。

（七）老　井

老井喷流若许年，村头河水此为源。
生来只为山乡美，百姓传名圣水泉。

（八）农家女孩

谁家小女荡秋千，惹得篱头白狗欢。
惊诧猫儿急上树，枝头沙果落花衫。

（九）村老年秧歌队

翁媪逐潮人爱俏，轻歌曼舞晚霞娇。
爷爷唱火相约树，奶奶跳红初恋桥。

（十）村民委主任

昔日参军屡建功，今朝村长抖威风。
心中装满民生事，百姓欢颜不自封。

（十一）村小学张老师

校园虽小书声朗，霜鬓老师慈母情。
一任青春献乡土，栽桃育李慰平生。

（十二）江村学子

江村学子上清华，惊动四乡无不夸。
任重路遥需骏骥，山娇水媚见奇葩。

（十三）小拖拉机手

只想跟爹驾铁牛，读书总是让娘愁。
铁牛习性刚摸准，又买钩机卖地球。

【注】
卖地球句：意为又买了挖掘机（俗称钩机）挖沙子卖钱。

（十四）村　医

行医问药也逍遥，日月勤背十字包。
巡诊混熟千户狗，得闲充电两三招。

【注】
充电：俗语，意为学习提高，充实技能。

（十五）乡间红娘

东镇西乡南北屯，几家不晓"火烧云"。
吃勤喜酒三千盏，成就良缘百对婚。

【注】
火烧云：红娘的绰号，由来其脸膛泛红、性情火热之因。

（十六）村电工

改锥钳子挂腰间，信步街头算上班。
他若忙时常断电，任其无事总悠闲。

【注】
村屯电工多属维护型，日常主要工作任务是保证用电线路畅通。电工得闲，说明线路运行良好，用户所希望的是不停电。

（十七）阴阳先生

装腔作势弄玄虚，人再着急鬼不急。
忽报罗盘非指北，奈何不得"老东西"。

【注】
忽报罗盘句：指阴阳先生带来一个误事的破旧罗盘（即指北针），正当死者下葬的关键时刻，忽报罗盘出问题了。
老东西：双关语：一指罗盘是个老物件；二骂人。

（十八）小卖店

糖酒油盐酱醋茶，村头卖店对朝霞。
路人歇脚诚相待，斜眼只看张白拿。

【注】
看：读 kān。张白拿：买东西不付账的人。

（十九）神　树

江畔老榆应万岁，称之神树五千年。
渔村有史传香火，人寿年丰梦亦甜。

（二十）房东心事

稻浪流金菊绕篱，房东醉酒不离题：
新粮卖罢修西舍，道是梦中儿娶妻。

（二十一）敖其湾

影视城头览大江，流平波碧隐鲟鳇。
山郭五彩谁描绘，慨叹赫哲功业扬。

写于 2013 年 11 月 11—15 日

杏林胡

泛舟情侣醉湖心，闻岸放歌天籁音。
唱醒睡莲花荡漾，野鸭闲惹水中云。

2018 年 9 月 20 日

游大来花海（戏作）

百里驱车逛花海，问津万朵为谁开？
园丁大嫂真能扯，红杏出墙君再来！

2018 年 9 月

白　桦

熠熠银装孰比伦，从来高洁任冬春。
松青柳绿当为贵，几许经风不染尘？

2008 年 10 月 10 日

四丰山风景区

十里平湖百丈深，狂鱼作浪恋游人。
每临青眼观西子，翠岛兰舟不羡神。

戊戌秋日摄影题诗

为摄影图片《带露的落叶》配诗

(一)

一场寒流扫绿林,可怜枫叶落凡尘。
百般不选西风嫁,莫怨红颜带泪痕。

(二)

落叶何须清露润,乃因离树已无魂。
小妞随意拈来笑,顺手丢于扫路人。

(三)

曾经一度显风流,尽染层林孰比优。
红遍万山成大气,毛公无你怎吟秋。

(四)

清晨散步到村头,落木飘零寒露秋。
随手拍张丹叶照,泪珠点点几多愁。

（五）

欲比红颜多命薄，丹枫几日运偏消。
伶仃树下谁相问，小照一张茶后聊。

戊戌秋日

【注】
运偏消：语出《红楼梦》："才自精明志自高，生于末世运偏消"。

七夕吟"孤雁"（代笔）

霜鬓浮心了，依然热血人。
倚篱思故偶，对菊醉孤樽。
含泪扶空榻，寄哀瞒子孙。
重拈老照片，复梦又青春。

戊戌七夕节

诗稿丢失感怀

日前不慎将近作百余首诗词遗失，因此茶饭无心……

敲词孤对月，遣句伴鸣鸡。
切切掏心话，悠悠达意诗。
一朝随逝水，双泪洒东堤。
用饭无香味，陪愁有老妻。

戊戌秋日

咏春雪

去冬少雪，已露旱像；春节刚过，瑞雪纷飞，好不欢喜。

三冬懒作为，补过春晖里。
白玉爱桑田，清花思稻米。
当知百姓愁，方赐千村喜。
与梅同可歌，伴鸟舞环宇。

己亥元月

绝句四首（辘轳体）

春宵一壶酒

（一）

春宵一壶酒，任醉莫言愁。
隔海情如蜜，离心门似沟。

（二）

庆幸逢良友，春宵一壶酒。
笔耕天地新，人醉桃花秀。

（三）

夕照柳婆娑，黄昏雁字多。
春宵一壶酒，醉月落星河。

（四）

灵犀自然有，缘份天成就。
千里共婵娟，春宵一壶酒。

2008年2月

虞美人·步李煜原韵

　　治贪反腐何时了，蝇虎知多少？脏官落马正东风，明镜高悬百姓笑谈中。　　南湖倚岸红船在，莫教朱颜改。习公铸梦未曾愁，自得民心一统大潮流。

丙申孟夏

踏莎行·诗词楹联协会成立 26 周年感言

　　敲韵迎春，裁诗守岁，二十六载遵平水。不乏佳作壮吟旌，可怜骚客人憔悴。　　翁咏诗词，媪吟联对，诸君不凑无经费。更缺少壮后来人，明天谁个弘国粹？

2013 年 11 月 9 日

水龙吟·故乡春好

放牧初日长天,丹霞映衬声声雁。东风眷顾,家山竞秀,杜鹃红遍。山脚江湾,沙鸥嬉戏,渔舟相伴。正村妞一曲,赫尼娜调,鸟儿醉,蝶儿恋。　　谁与春光争艳?喜诗协、恰开生面。悠悠往事,几多逾越,几多兴叹。把酒吟怀,聚朋赓唱,一腔肝胆。共千红万紫,芳菲日月,地长天远!

2019 年 3 月

【注】

故乡:佳木斯市郊区敖其镇(赫哲族)。

赫尼娜调:赫哲族民族曲牌。

春　雪

昨日春分,大雪纷飞,气温骤降,不禁忧思东郊刚刚归来雁群的栖居安危,赋诗以记之。

怎奈春分雪满天,可怜归雁不胜寒。
愁肠只恨东风弱,一枕彤阳笑夜阑。

调笑令·春意

春意，春意，昨夜风和雨细。桃花喜润甘霖，朝晖惹醒彩云。云彩，云彩，潇洒天涯塞外。

2008 年 4 月 18 日

调笑令·春江柳岸

春柳，春柳，岸上婷婷竞秀。谁裁细叶垂丝，东风是否晓知？知晓，知晓，依树人双耳咬。

2008 年 4 月 17 日

长相思

日幽愁，月幽愁。无意梳妆望渡头，心随江水流。　　百思求，万思求。哪种花儿叫忘忧，寻来栽几秋？

2008 年 4 月 14 日

【注】
忘忧：指忘忧草。

长相思·柳下

千丝柔,万丝柔,风乱柔丝柳下秋,伊人眉锁愁。 情无休,意无休,切切离思似水流,几时流到头?

2008 年 4 月 19 日

长相思

朝也思,暮也思,思过秋霜染鬓时,离愁伴古稀。 风凄凄,雨凄凄,幽怨凝成孔雀诗,断肠惟酒知。

2009 年 2 月 17 日

阮郎归·元宵梦

寒空悬月似忧容,孤宅灯不红。此宵灯月本该同,相依共照明。 凭酒冷,醉朦胧,扶摇上月宫。贤淑做伴驾春风,醒来烦闹钟。

丙戌年元宵节

清平乐·醉夕阳

此心何系，又有贪杯意。酒兴犹同吟兴肆，纵墨夕霞艳丽。　　可怜娇媚霞光，奈何夜幕张扬。半纸诗行未就，一弯秋月陪觞。

2004 年 10 月

忆秦娥·还乡只见黄花瘦

东风柳，河边幽会初牵手。初牵手，春心怎露？乱聊山秀。　　星移斗转山依旧，还乡只见黄花瘦。黄花瘦，残秋霜鬓，一壶浊酒。

丁亥暮秋

忆秦娥·最相思处

依依别，别时相送同心结。同心结，锦丝牵梦，意深情切。　　怎堪任将黄花折，但知红豆当多撷。当多撷，最相思处，柳梢明月。

2009 年 4 月 9 日

醉太平·秋夜

秋宵梦难，临窗厌蝉，乌云隔断婵娟，对孤灯黯然。　抚琴涩弦，吟诗讷言，醉思丽月幽园，共依依笑谈。

2007 年 10 月

【注】
婵娟：指月亮。苏轼词"但愿人长久，千里共婵娟"。

水调歌头·梦里重牵手

梦里重牵手，热泪鹊桥边。当初别酒难咽，掩涕正华年。常忆同席挥墨，难忘依肩映雪，携手上书山。彼此羡飞雁，理想胜高天。　韶光伴，同窗梦，意绵绵。无情岁月，早霜染我鬓斑斑。莫怨知音隔水，但恨周公宿命，惆怅与谁言？无语弹梁祝，凄婉绕琴弦。

2008 年 12 月

蝶恋花·缘

湖畔杏林花正俏。昔日娇柔,梦里依依绕。取舍花枝方欲照,镜头忽入伊人笑。　　竹马青梅花更好。蝶扰蜂缠,曾替花儿恼。把酒重逢霜鬓早,相询谁种还童草。

甲午之春

寿楼春·梦

悲秋愁丝长。叹云吞雁字,天际迷茫。但恨残阳难助,菊篱留香。庭柳老,秋千凉。映月池,霜波寒光。卧冷榻吟愁,诗行未就,衾枕泪行行。　　常托梦,寻春芳。恋青梅竹马,神采飞扬。结伴同看梁祝,惹来风狂。王母谬,求谁帮。月老怜,孤舟飘洋。万千问周公,余生几许无断肠?

2009 年 12 月 1 日

好事近·问新雪

夜梦雁归来，晨又满窗飞雪。顿扫黄粱诗兴，怨长冬萧瑟。　伊人此去泪相约，重逢柳荫月。苦盼满园春意，汝可知心切？

2008 年 2 月 20 日

山花子·念伊人

常记相携柳岸边，春江霞醉卧微澜。同赏枝头双鸟语，意绵绵。　花甲还乡江柳老，伊人应也染霜鬟。含泪莫嗔新燕侣，舞翩翩。

丁酉暮春

喝火令·红豆吟

塞北无红豆，朝朝却更思。夜长求梦梦相依。秋晓正烦鸡闹，衾冷怨风欺。　别恨栖霜鬓，吟残孔雀诗。遣愁挥墨解凄凄。写罢云山，写罢木疏稀。写罢雁行南去，泪眼又迷离。

丁酉梦冬

鹧鸪天·忆小荷

五十经年忆小荷，文文静静爱清波。温良不忍宽容少，仁厚任凭和善多。　情似账，岁如梭，愁丝逐日上西坡。孤灯浊酒婵娟夜，醉梦春枝燕侣歌。

戊戌秋日

青玉案·归故里

重游故里春风路，羡花蝶，双双舞。侧耳黄鹂鸣翠树。淙淙溪水，声声蛙语，天籁还何处？　引来多少当年趣。忆竹马，莺莺许。却悔依林闻杜宇。一腔惆怅，万千思绪，是夜倾盆雨。

（用贺铸词谱并依韵）

歌词 二首

小河小河请你慢些流

小河呵小河请你慢些流
你那缠绵的悄悄话我总是听不够

在那春回大地的日子呦
冰融了雪化了，我陪你放歌喉
花红了柳绿了，你伴我驾轻舟
虽然你有时也会很执拗
风停了雨歇了，你依然很温柔
天晴了月圆了，同醉小桥头

在那金风送爽的日子呦
稻熟了鱼肥了，咱一起庆丰收
波平了浪静了，同赏那菊花秀
我懂你欢心你懂我忧愁
蝶飞了雁别了，只有你长相守
年来了岁去了，日月情悠悠

小河呵小河请你慢些流
你那缠绵的悄悄话我总是听不够
小河呵小河请你慢些流
请你慢些流……

2013 年 7 月

你是一片云

你是一片云，
高洁不染尘。
清早相约雁字来，
眷恋北国春。
傍晚悄然天边宿，
不肯扰星辰。

你是一片云，
无语情深深。
百花凭你施雨露，
娇媚又芳芬。
万里桑田泛绿浪，
因你赐甘霖。

你是一片云，
柔情动我心。
梦里我剪一片霞，
送你佩素身。
愿你朝夕舒红袖，
同我共歌吟。

2009 年 6 月 8 日

后 记

　　《魏律民诗词选》即将付梓。这本诗词集只是凭着本人多一点儿对诗词的偏爱，把以往工作、生活及交往中的所历、所闻、所感、所悟，模仿诗词的样式，自主不自主地写了出来。就其体裁而言，有五言、七言格律诗，也有严格按词牌格律填写的词作，写景、咏物、叙事、抒情形式多样。就其内容而言，家事、国事、天下事无所不有，政治、经济、文化无所不及，友情、亲情、爱情无所不含。就其思想性和艺术性而言，或为毫无深度的"顺口溜"，难免照猫画虎、东施效颦；或为我行我素，难免坐井观天、褒贬失度。

　　但这些拙作都是自己真实的思想表露和情感流淌。所以我在诗中写道："逢春岂可错良机，万物复苏谁不宜？孔雀开屏堪入画，子规张口也成诗"；"拙笔常无一抹秀，热肠终有几分香"。谢谢本诗集的读者，并由衷地感谢您的批评斧正。

　　本书在编辑出版过程中得到许多朋友的大力支持，中华诗词学会常务理事吕梁松先生亲自审稿并赋诗挥墨《赞魏律民君》：

　　　　早岁识君八斗才，一支笔秀冠同侪。
　　　　官途曾步青云上，门第常拥紫气来。
　　　　日月韬光明盛德，林泉逸韵隐高怀。
　　　　唯兄纵我吟哦兴，共育诗葩烂漫开。

著名书法家、原青少年书法报总编、中国书协理事何昌贵先生为本书赋诗挥墨《题魏律民诗词选出版》：

　　词韵清绝有古风，散怀吟啸贯长虹。
　　何妨豪情凌云久，冲天香阵看魏公。

佳木斯市诗词楹联协会主席蒙吉良先生赋诗挥墨《题魏律民诗词选》：

　　自信人生路，甘为结伴寻。
　　华章流响韵，妙笔秀长吟。
　　跨海交良友，登峰荐赤心。
　　裁云呈画卷，仰止绕梁音。

佳木斯市诗词协会副主席牛军先生也赋诗祝贺本书付梓：

　　不负功名壮志酬，潜心敬业创丰收。
　　一身正气行侠义，两袖清风乐自由。
　　旗帜鲜明持道理，横刀立马站潮头。
　　廉颇未老言尤辣，化作诗香溢满秋。

　　中国作家协会会员，原《有声》杂志总编王国勋先生为本书作序。同时也得到了著名摄影家、佳木斯市摄影家协会主席庄艳平先生，佳木斯市老年书画研究会会长高文所先生，副会长张彦明先生，秘书长王善庆先生的积极支持。借此机会，一并致以衷心感谢！

作者 魏律民
2019 年 2 月